TRATTENUTA DALLO ZANDIANO

RENEE ROSE

REBEL WEST

Traduzione di
EMA FERRARI

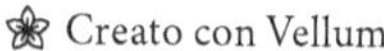 Creato con Vellum

CAPITOLO UNO

aisha

Riuscivo a malapena a respirare.

Se non fossi uscita presto da quest'area di rifornimento, sarei morta.

Non riuscivo a sentire le gambe e avevo i polmoni in fiamme. Non ero nemmeno sicura di essere sulla navicella giusta. Questa cassa di rifornimenti mi era sembrata un posto perfetto in cui nascondermi quando ero scappata dal mio proprietario ocreziano, ma una volta che la navicella era saltata nell'iperspazio, le cose si erano piazzate... sopra di me.

Schiacciandomi.

Il pagliericcio sopra di me mi premeva pesantemente sul petto e il mio braccio era bloccato in una posizione scomoda, con il pugno ancora stretto attorno alla siringa di veleno. Il mio zaino con le provviste mi era affondato nelle scapole. Era buio pesto e l'aria era densa e polverosa. Solo il panico e il cuore che batteva forte mi facevano andare avanti.

I motori rombavano e ne sentivo le vibrazioni in tutto il corpo: era questo il rumore che faceva una navicella zandiana o il mio pallet era stato ceduto al velivolo falcon che si trovava accanto sulla pista? Se fosse stato così, mi sarei trovata in guai terribili: si diceva che i falcon fossero ancora più crudeli degli ocreziani.

La mia mente vacillò e all'improvviso la vidi di nuovo davanti a me, la guardia ocreziana che avevo incontrato mentre correvo verso l'aerodromo e le astronavi: le sue mani spesse e verrucose che mi stringevano il collo, il puzzo che mi aggrediva le narici, provocandomi conati di vomito.

«Stai cercando di scappare?» La sua voce sibilante era piena di piacere. «Vedremo. Supervisionerò personalmente la tua punizione, schiava umana.»

«No!» La mia voce era appena udibile mentre respiravo affannosamente.

«Gli shock stick saranno solo l'inizio» disse, gustando le parole. Mi strinse più forte.

Mi si appannò la vista, i colori tremolarono, e poi ricordai la siringa che avevo in mano, da usare come ultima risorsa, e feci oscillare il braccio verso l'alto, duro e feroce, perforandogli la spessa pelle grigia.

Chiudendo gli occhi e implorando l'universo di salvarmi.

E miracolosamente, appena tre secondi dopo, proprio come aveva promesso Leylah, le sue mani si allentarono, aprendosi come un fiore di notte. Tutto il suo corpo si rilassò finché non cadde senza vita. Un sacco di ossa e puzza.

All'improvviso la luce mi accecò gli occhi. Sentii delle voci e il mio corpo si spostò mentre sollevavano il pagliericcio.

Mi avevano trovata.

La voce che sentii era bassa, maschile e profonda. «Ma che *kazo*...?»

Non risposi, come se restare in silenzio potesse in qualche modo salvarmi.

«Chi sei e cosa ci fai sulla mia nave?» Parlò in ocreziano e poi lo ripeté, presumevo, in una lingua che non capivo.

Sbattei le palpebre alla luce improvvisa, la prima che vedevo dopo oltre due rotazioni del pianeta. Avevo la bocca secca per la mancanza di liquidi. Grazie a Madre Terra avevano rimosso il peso che mi schiacciava il corpo, quindi almeno potevo respirare.

Avrei dovuto dire qualcosa, una frase che mi era stata insegnata, ma il mio cervello non collaborava.

Lampi arancioni: era un falcon? Ora tutto ciò che vedevo era l'ocreziano nella mia mente, che mi stringeva la gola. Urlai e lo respinsi, con il braccio immobilizzato che si alzava di scatto, i nervi che si accendevano. Colpii l'aria selvaggiamente.

«Lasciami! Vattene!» Almeno questo era quello che intendevo dire. La mia voce, però, non sembrava funzionare e i suoni uscivano come strilli orribili, come ingranaggi non oliati. Il mio corpo iniziò a tremare così forte che non riuscivo a controllarmi. Aprii la mano di riflesso e la siringa scomparve, e tutti i suoni intorno a me svanirono in lontananza.

* * *

«STELLE, sono ferito! Il mio braccio. Mi ha avvelenato.» L'uomo che stava parlando sembrava più irritato che ferito. Di certo non morto come l'ocreziano che avevo ucciso quando ero scappata. «*Kazo*, è intorpidito.»

Si unirono delle voci tese. «Attendi il supporto medico.»

«Recuperala e toglile l'arma.»

«Valutane il pericolo.»

Tossii e cercai di concentrarmi, ma i suoni si allargavano e si allontanavano. Un essere mi afferrò, mi spostò. Ero fiacca.

«È neutralizzata.»

«Mettetegli subito questo impacco sul braccio. Capitano, dicci cosa sta succedendo.»

E poi quella voce, ricca e bassa. «Sta svanendo adesso. Non era completamente insensibile perché potevo ancora muovere le dita. Ma l'ho sentito. Che diavolo c'è in quella siringa?»

Sentii le parole che iniziavano a tornarmi e tossii. Sussurrai: «Sono un essere umano.»

«Ovviamente» disse seccamente uno degli esseri.

«Chiedo asilo.»

«Perché mi hai attaccato? Sei stata mandata come spia?»

Quella voce.

Non erano i toni taglienti e sgradevoli di un ocreziano. Era... profonda e sexy. Si avvicinò al mio viso, il suo respiro mi sfiorava la pelle. «Apri gli occhi. Guardami.»

Forzai le palpebre per aprirle e le sbattei, gli occhi si abituarono alla luminosità del corridoio, e scrutai ciò che mi circondava. L'essere di fronte a me era un guerriero vestito con abiti bianchi, con una spada alla cintura. La sua pelle era di un viola chiaro uniforme e muscoli enormi risaltavano sulla sua forma snella e alta. Sulla testa aveva due antenne che sembravano più appendici che le corna dure di una bestia. La mascella era definita, squadrata. Le labbra lisce e carnose.

Stelle.

Era mozzafiato. Totalmente diverso dai padroni di Ocrezia che mi avevano posseduta su Romon-3. Ma ricacciai quei pensieri: erano l'ultima delle mie preoccupazioni. La cosa importante era che si trattava di uno zandiano.

Scelsi con attenzione cosa rispondere. Se avessi giocato bene le mie carte, avrei potuto salvarmi la vita.

«Sono un essere umano» ripetei. Poi tutto cominciò a

svanire. Prima di perdere conoscenza, mi assicurai di ripetere le parole che mi aveva insegnato Leylah, quando mi aveva fatto provare ogni sillaba nella sua lingua. «Chiedo asilo. Farò quello che volete. Aiutatemi, vi prego.»

CAPITOLO DUE

Una rotazione di pianeta prima

«Questa va bene.» La voce di Leylah era molto compiaciuta. La vecchia era come una nonna per tutte le schiave della mia caserma. Custode della storia orale e della conoscenza umana. Il fuoco tremolava nel focolare mentre le sue abili dita usavano pinzette di metallo per pungolare e torcere la pelle del serpente che avevo decapitato durante la rotazione del pianeta. «Adulto maturo. Prenderò una buona dose di veleno.»

Si alzò, emise un *ooph* e si trascinò verso il suo armadietto. La sua andatura era pesante stasera. C'era qualcosa in lei che sembrava fuori posto. Sbagliato.

«Ti senti bene?» Mi accigliai. Ultimamente aveva rallentato, facendo fare a Keerah la maggior parte del lavoro sul serpente, ma in questo momento sembrava particolarmente fragile.

«Sto alla grande.» Sorrise, il viso rugoso risplendette nella luce. «Keerah, qualche aiuto?»

Keerah abbassò la testa; era la più timida e silenziosa di tutte le umane che si trovavano qui. A volte arrossiva anche parlando con quelle tra noi con cui interagiva regolarmente. Ma in questo momento era fiduciosa. Spostò l'armadietto, rivelando la terra sottostante, appena cotta. Ma nel muro c'era uno scomparto segreto che si mimetizzava con il fango grezzo e il legno e che nascondeva la scorta segreta.

Leylah lo aprì e tornò con occhiali, guanti ProTek e una bottiglietta di vetro; cose che aveva scambiato - oggetti preziosi - al mercato. In quanto madre della nostra caserma, di tanto in tanto le era stato concesso un permesso per andare nella città locale a commerciare per noi beni di prima necessità. Quando gli stranieri si trovavano sul pianeta, ne approfittava per scambiare cose come queste.

I padroni ocreziani erano convinti che prendesse solo dolci e vestiti. Non avevano idea di cosa facessimo quando non guardavano. Di cosa fossimo capaci, pur essendo schiave. Queste lacune sulle loro proprietà ci permettevano di sognare un futuro.

Leylah ansimò un po' mentre stringeva la testa vicino alla mascella. Osservai, rapita, mentre il fluido lattiginoso scorreva nel barattolo. Una volta finito, lanciò la testa del serpente nel fuoco, sussultando mentre tirava indietro il braccio. Le delicate ossa del teschio si dissolsero in polvere nella fornace, ma le zanne rimasero e sapevo che lei le avrebbe recuperate.

«Mescolato con l'estratto della pianta tellaflora, crea l'antidoto. Quindi se voi ragazze venite morse, possiamo salvarvi. Keerah, fallo da sola, adesso.»

Keerah indossò il secondo paio di occhiali, il suo, e ripeté l'operazione con l'altra testa, quella che aveva portato Makina. Respirava sonoramente con concentrazione, aveva la fronte aggrottata. Le dita, più giovani e forti di quelle di Leylah, erano veloci e sicure nel suo paio di guanti. Mischiò la tellaflora e controllò il colore. Lo provò usando la cartina al tornasole che Leylah aveva rubato. «Va bene.»

«Conservalo. D'ora in poi, questa fornitura sarà tua responsabilità. Sei tu la maestra dei serpenti qui.»

Keerah alzò le sopracciglia ed emise un piccolo verso, ma poi si limitò ad annuire.

Leylah si guardò intorno nella stanza. «È chiaro? D'ora in poi ascolterete Keerah. Onorate il segreto con la vostra vita, con tutte le nostre vite. Non parliamo a nessuno di questo lavoro, altrimenti soffriremo tutte.»

Annuimmo tutte. Che ci amassimo o detestassimo a vicenda, eravamo legate insieme in questo. Era un segreto a cui non avremmo mai rinunciato. Rivelare questo segreto sarebbe stato come rinunciare all'aria per respirare.

«Rispetterete Keerah con le abilità del serpente.»

Ancora una volta chinammo la testa in segno di accordo.

Leylah ci aveva insegnato bene. Ognuna di noi aveva imparato qualcosa da lei. Keerah, la pozione per rimediare ai morsi di serpente. Io? Avevo imparato tutte le sue storie, quelle che le erano state tramandate da altre schiave, di generazione in generazione.

«Buon lavoro.» La voce di Leylah era neutra, ma vidi i nodi nelle sue nocche e rabbrividii. Era vecchia e non mi piaceva la sensazione che avevo nelle ossa al momento, come se qualcosa non andasse.

«Dovresti produrre una grande quantità di veleno in modo da poterli uccidere tutti.» La voce di Rannah era cupa, accusatoria.

Aveva detto alle altre cosa avevo fatto durante la rotazione del pianeta. Come avevo salvato un giovane ocreziano dall'annegamento. Da allora non mi aveva più parlato.

Anche se eravamo seduti insieme, mi sentivo distante. Mi stavano giudicando. Stavano decidendo cosa pensare di me.

Leylah alzò lo sguardo. «Non siamo pronte per una rivoluzione. Se ci provassimo troppo presto, moriremmo tutte. In questo momento rimaniamo in vita e trasmettiamo la nostra conoscenza, da umana a umana. Ci prepareremo per la nostra unica possibilità. Se ci proviamo troppo presto, perderemo l'occasione per sempre.»

«Ma meritano di soffrire.» Rannah si sporse in avanti come se volesse combattere.

«Se quel giovane ocreziano fosse morto…sareste state interrogate. Forse torturate. Ha fatto la cosa giusta.» Leylah tossì.

«Non avrebbero mai saputo che stavamo guardando.» Rannah si spostò sulla sedia. «Gli adulti se ne erano andati. Ma noi avremmo saputo. E avremmo portato l'immagine dentro di noi come una fiamma. Una vittoria. Che avremmo potuto tramandare.» Strinse gli occhi.

Gli occhi di Leylah brillarono nell'oscurità, di un bianco brillante. La pelle, scura quasi quanto la mia, era nell'ombra. Potevo percepire la sua disapprovazione senza valutarne l'espressione. Era lei che ci insegnava la pazienza e la forza d'animo. La capacità di guarire, non solo nel corpo ma anche nella mente.

«Stiamo tutte facendo del nostro meglio,» La sua voce era dolce e piena di dolore. «Rannah, questo è tutto ciò che abbiamo.»

«Beh, grazie a lei» – Rannah non disse nemmeno il mio nome – «ora non abbiamo nemmeno il piacere di sapere che la loro progenie è temporaneamente schiacciata. Invece diventa più forte. In molti altri cicli solari, prenderà una di noi come sua schiava del piacere e troveremo il suo sangue che inzuppa i pavimenti. Potrete ringraziare lei quando lo vedrete.»

Si alzò e la sedia scricchiolò, legno contro legno. Mentre lasciava la caserma, sbatté la porta alle sue spalle.

Non sarebbe andata lontano. Il perimetro della nostra

zona schiave era presidiato; non ci era permesso oltrepassare la recinzione al calar della notte. Probabilmente sarebbe finita nella zona degli alberi di *wall-eck* con i loro frutti aspri e amari che trasformavamo in tè: il frutto che faceva venire il mal di stomaco agli ocreziani, quindi era relegato alle aree umane. Forse si sarebbe seduta sull'erba ruvida sotto gli alberi, con gli steli che tagliavano come una lama se li facevi scorrere nel modo sbagliato contro la pelle, perché i nostri robusti pantaloni da lavoro erano fatti per resistere al filo del fogliame su questa roccia. Mi avrebbe maledetta e avrebbe alimentato la rabbia dentro di sé.

Anch'io provavo rabbia. Tutte noi la provavamo. Era solo questione di tempo prima che si trasformasse in qualcosa di potente e travolgente che ci avrebbe uccise tutte prima che lo facessero gli ocreziani. Almeno nello spirito.

Potevamo condividere un segreto, ma a poco a poco il nostro odio ci avrebbe divise le une dalle altre. A quanto pareva io o Rannah dovevamo andarcene, in modo che il resto del gruppo potesse essere di nuovo unito.

Le altre la seguirono, finché non restammo solo io e Leylah.

Non avrei pianto, perché non sarebbe stato d'aiuto, ma mi accasciai sulla sedia.

Leylah fece schioccare la lingua. «Sei più forte di così. Non ti autocommiserare.»

Mi raddrizzai. «Hai suggerimenti su cosa fare invece?» Alzai le sopracciglia e provai a sorridere, ma non mi venne bene.

Sorrise. «Vieni qui e aiutami con questo.» Si guardò intorno, come per assicurarsi che fossimo sole, poi tirò fuori una scatoletta di metallo. Dalla sua espressione, ero certa che fosse qualcosa di nuovo.

Un segreto.

«Che cos'è?» La mia voce era sommessa e anch'io mi

guardai intorno, come se ci fossero volti in agguato alla luce del fuoco.

«Questa è una micro-siringa.» Leylah si rimise i guanti e indicò l'armadietto. «Mettiti l'altro paio e vieni qui. Caricheremo il veleno nelle siringhe.»

«Stai producendo una tossina.» Alzai le sopracciglia. Mi fermai sui miei passi, i guanti in una mano. «Proprio come ha suggerito Rannah.»

«Porta anche l'altra bottiglietta.» Leylah la indicò. «E sì. È così.»

La presi. «Cosa c'è qui?»

Leylah usò un piccolo contagocce per trasferire il fluido dalla seconda bottiglia alla siringa. Tossì. «Ricordati questo.» Abbassò la voce. «Ho usato parti uguali del veleno dei due aspidi che hai raccolto; una l'ho alterata con il calore, l'altra con una sostanza che ho distillato dal frutto acido degli alberi di *wall-eck*.»

Indicò il fornellino, predisposto con tre carboni. «Il calore che deriva da tutto questo, vedi?» Tossì. «Si dice che questa combinazione» – sollevò una siringa carica e la esaminò alla luce – «può uccidere un ocreziano adulto in tre secondi. Solo una goccia.»

Fischiai piano. «Oh.»

«Giusto. Naturalmente, ucciderebbe noi ancora più velocemente. Quindi non lasciare che tocchi la tua pelle.»

«Non ho intenzione di farlo.» Mi allontanai, ancora paralizzata. «Come fai a sapere che funziona?»

Leylah fece schioccare la lingua. «Quando voi ragazze tornate ferite» – sussultò e le brillarono gli occhi – «a volte ci sono» – le si spezzò la voce – «Residui di ocreziani sotto le unghie. Nel nucleo. Io li prelevo.» Il suo tono divenne duro. «E provo i miei sieri. Quando ho creato un mix che faceva sciogliere il loro sangue rendendolo limpido, ho capito di avercela fatta. È così che possiamo dirlo. Secondo le mie informazioni.»

Avevo imparato a non chiedere a Leylah da dove ottenesse le informazioni. Lo diceva lei se lo desiderava, e anche così, le sue risposte a volte erano troppo criptiche per essere comprese, coinvolgendo trivelle, visioni e sussurri che solo lei poteva sentire. Storie che le erano state raccontate da bambina, che aveva rinchiuso nel suo cervello e alcune delle quali aveva conservato fino ad ora.

Ero inorridita e affascinata allo stesso tempo. «Nella loro crudeltà, ci hanno dato proprio ciò di cui avevamo bisogno per distruggerli.» Allungai la mano ma non toccai la bottiglia. «Ci ucciderebbero tutte se lo sapessero.»

«Non lo sapranno.» Sembrava assolutamente certa. Per il momento le credevo.

«È per questo che non l'hai detto alle altre?» Feci una pausa. «Oppure lo hai fatto?» Leylah aveva un legame diverso con ognuna di noi. Non era chiaro cosa dicesse a chi. «Lo dirai a Keerah... vero?»

Leylah restò in silenzio per un secondo. «Mi è venuto in mente qualcosa in sogno, riguardo a te e al veleno.»

Annuii. Leylah faceva regolarmente sogni che significavano cose per lei. Se il resto di noi pensava che alcune di esse sembrassero sciocchezze, non glielo dicevamo, perché la verità era che tutte noi volevamo credere che ci fosse qualcosa di più grande di questo mondo in cui vivevamo. Volevamo credere in un futuro oltre la schiavitù.

«E in questo sogno, cosa ho fatto con la tossina?» Sorrisi, come se fosse una storia, uno scherzo.

Ma Leylah non sorrise.

Mise giù gli attrezzi e mi guardò. «Domani pomeriggio» disse con voce dolce e seria, «morirò.»

Sussultai, inorridita, ma lei stava ancora parlando.

«Morirò in mezzo al mercato, proprio vicino al fiume, quando tu e Rannah sarete con me a raccogliere provviste per la caserma. I visitatori di Ocrezia sono qui, così come altri commercianti. Quando cadrò, tu scivolerai via e ti nasconderai su una nave mercantile. Utilizzerai il veleno quando necessario per abbattere chiunque ti fermi. Nessun ocreziano sa che questo veleno esiste e penserà che l'essere sia morto per un attacco di cuore. Nessuno sospetterà il veleno.»

La fissai, con la mano sulla bocca e gli occhi spalancati. Il cuore era frenetico. «Io… io…»

«Ti nasconderai su una nave specifica e, una volta che sarai nello spazio aereo libero, uscirai e chiederai asilo.»

«Io...» scossi la testa. «Leylah.»

«E ti prenderanno e diranno di sì, perché il velivolo su cui salirai» – prese la siringa e la infilò in un tubo protettivo – «è una navicella di zandiani. Prendono le umane per riprodursi, persino per accoppiarsi. Si dice che la loro regina sia umana, anche se alcuni dicono che sia solo una schiava. I miei sogni mi mostrano che lei è molto di più. E lei ha la vista, come me.»

«Ma una schiava fuggita...»

«No.» Scosse la testa. «Sarai una schiava morta. Cadrai nel fiume e annegherai. Rannah lo vedrà e lo dirà a tutti. Ne sarà felice.»

«Non capisco. Hai appena detto che sarei salita su una nave.»

Rimise le siringhe nella scatola d'argento e chiuse la serratura. «Cadrò e morirò al mercato, nella bancarella più vicina al fiume. *Tu* urlerai e ti arrabbierai, perderai l'equilibrio nel dolore, cadrai nel fiume e sarai trascinata via. Nuoterai controcorrente, risalirai ed uscirai dall'acqua, recupererai i vestiti e le sacche che avrai messo da parte, e salirai sulla nave zandiana.»

Scossi la testa. «Vuoi dire che *farai finta* di morire, vero?» Mi alzai e le presi le mani tra le mie. «Giusto, Leylah?»

Incrociò il mio sguardo. «No. È la mia ora.»

«No che non lo è.» Rabbia e paura mi si attorcigliarono nello stomaco. «Nessuno sa quando sarà il suo momento. Non puoi dirlo.»

Tossì. «Durante l'ultima rotazione del pianeta, ho sentito il padrone parlare con il suo visitatore. Il visitatore è piuttosto preso da te, dalla tua pelle, dai tuoi capelli. Dal tuo viso. Ti vuole per sé. Ha parlato di quantità incredibili di stein. Faranno uno scambio per te.»

Inspirai, avevo le vertigini. «Oh no. No.» Il visitatore mi aveva ispezionata oggi, poco prima che il giovane cadesse nel fiume. Pensai a quella mano deforme, a quegli occhi cisposi. La promessa di dolore e tortura. Ad accoppiarmi con quell'essere disgustoso. «Non posso.»

«No, non puoi. Quindi devo portarti in salvo. Avevo pensato di aspettare un altro ciclo solare, finché non fossi stata più forte. Ma dobbiamo farlo adesso.»

«Ma non puoi morire per farlo.»

Si alzò e zoppicò fino all'angolo. «Ecco un pacco con i tuoi vestiti nuovi, che nasconderai all'angolo della recinzione. Dopo essere uscita dall'acqua, corri qui, lo prendi, ti cambi e poi vai verso le navi. Ho caricato le siringhe da usare. E il resto di quello che prenderai è qui.»

Ritornò e mi toccò la testa. «Porterai quelle storie, le leggende e le idee a Zandia, agli esseri che sono lì. Al loro nobile re. Oh, Madre Terra, vorrei solo potervi mandare tutte.»

Le si riempirono gli occhi di lacrime. «Ma almeno posso mandarne una. E in qualche rotazione di pianeta una diventerà un milione. Sarai quel leader. Dirai loro ciò che hanno bisogno di sapere e sarà utile. Più utile di quanto tu possa immaginare.»

«Non sono una leader, Leylah. Non sono niente.» Mi chinai per vomitare, ma non uscì nulla. «E non ti lascerò morire solo per poter scappare.»

Mi prese la spalla. «Hai una nuova vita davanti a te, e inizierà domani.» Vide il mio sguardo e aggiunse: «Sto morendo in ogni caso.»

Mi sedetti, sopraffatta dall'adrenalina e dalla paura. «Non capisco.»

Venne accanto a me. «Il mio momento sta arrivando, lo sento nelle ossa. Ed è anche il tuo momento.»

Mi toccò il viso. «La tua pelle ti rende diversa dalle altre. Ma quello che c'è qui» mi diede un colpetto sul petto, «è ciò che ti rende ancora più straordinaria.»

La guardai sbattendo le palpebre.

«Hai qualcosa in te che gli altri non hanno. Una forza, una gentilezza. La capacità di andare oltre. Lo vedi?»

Non sapevo se lo vedevo. Scossi la testa.

«Dimmi: perché hai salvato quel giovane?» Mi sfidò con il suo sguardo. «Era per sicurezza, perché avevi paura di cosa sarebbe potuto accadere se non lo avessi fatto?»

Pensai alla paura nei suoi occhi, alla speranza. Al modo in cui ci guardava, senza odio nei suoi occhi. «No. Era una vita ancora innocente. Avevo bisogno di aiutarlo. Non so come spiegarlo. Forse era perché non era ancora malvagio. Non potevo lasciarlo morire.»

Annuì. «Hai uno spirito speciale, Taisha. Un potere che ancora non capisci. Senti delle cose nelle ossa, a volte, come faccio io. E tu hai il coraggio di fare l'inimmaginabile. Ecco perché tra tutte le donne qui, ho scelto te per portare le nostre storie e la nostra eredità nella galassia. In una rotazione del pianeta, forse un ciclo, o forse un migliaio di cicli solari da adesso, tu o i tuoi eredi ritornerete per salvarci tutte.»

«Ma tu te ne andrai.»

«Le umane saranno ancora qui, ad aspettarti, Taisha.» Mise la mano sopra il mio cuore. «Portalo qui con te. Non la morte di un giovane del tuo passato. Ma la salvezza di un giovane, nel futuro. Questo è quello che ho e quello che ti passo.»

E aggiunse: «È meglio dell'odio, lo sai.»

«Cosa?»

«Rannah ha ragione. L'odio è potente e può sostenerti per molto tempo. L'unica cosa ancora più forte è l'amore. Ti chiedo di scacciare abbastanza odio per lasciare spazio perché cresca l'amore. Questo è quello che porti con te.»

Tossì. «E ancora una cosa, dal mio sogno. Ho visto la regina umana chiamata Lamira. Ci parlavamo nel sogno, anche se era difficile, come urlare in una cascata. Ha la vista come me, anche se siamo così distanti, è stato solo un lampo. Dille che ti ha mandato Leylah, quando arriverai sul pianeta. Dille che...» Tossì di nuovo. «Dille che il segreto le arriverà con la moneta d'argento. Non so cosa significhi, ma penso che sia importante.»

«Moneta?»

Leylah mi prese il palmo della mano e qualcosa di metallico mi scivolò sulla pelle. «È un manufatto proveniente da un pianeta morto da tempo...»

Le mie dita vibrarono con una piccola scintilla e risposi prima che lei potesse finire. «Terra.» Fissai quella cosa, paralizzata da come la risposta mi fosse arrivata prima di sapere cosa avrebbe detto.

Era vecchia, come se fosse stata sepolta per secoli. Si adattava appena al mio palmo mentre chiudevo le dita, ma sembrava che mi appartenesse già. C'erano simboli impressi che non riuscivo a leggere, anche se Leylah mi aveva insegnato a scrivere. E un volto, un profilo, tanto familiare quanto misterioso. Sentii delle voci, poi vidi un improvviso lampo viola e un'esplosione di luce... poi tutto scomparve.

«Giusto.» Sorrise e mi toccò la mano. «Terra.»

«Ma come hai fatto ad averla? Perché» scossi la testa «mi parla...?»

Gli occhi di Leylah erano astuti. «Cosa dice?»

Chiusi gli occhi e cercai di concentrarmi, ma quella piccola scintilla era sparita. Li riaprii frustrata. «Niente. Pensavo di aver intravisto qualcosa, ma era solo la mia immaginazione.» Strinsi di nuovo la moneta, ma non sentii altro che i bordi che mi mordevano la piega interna delle nocche.

Lei non rispose a nessuna delle mie domande. «Sapevo di aver scelto bene.» All'improvviso sembrò quasi vitale. «Tu...» Tossì e impiegò molto tempo per fermarsi, così a lungo che mi precipitai a prendere dei liquidi.

Lei agitò la mano. «Sto bene per ora. Nascondi questa moneta. Dalla a Lamira, e solo a Lamira. A nessun altro su Zandia, nemmeno quelli di cui ti fidi.»

«Perché?»

«Perché» rispose come se fosse ovvio, «è pensata per lei. Non significherà nulla per gli altri esseri.»

«Va bene.»

Non andava affatto bene, e ricordai il ciclo precedente, quando mi ero graffiata e Rannah aveva cercato di consolarmi, prima di odiarmi. Fu come un dejà vu, una sensazione di malessere, ancora e ancora. Ma Leylah non mi odiava. Lei mi amava. Amava tutte noi. Dovevo farlo. Le mie ossa mi dicevano che era vero.

«Vivrai avventure miracolose.» Mi guardò con uno sguardo intenso. Penetrante. «Durante queste avventure, devi mantenere nascosto il tuo cuore.» Mi mise la mano sul petto. «Non rinunciare mai a quella parte segreta di te. Non cederla a nessun essere, in nessun momento, per nessuna ragione. La tua scintilla interiore è ciò che ti rende speciale, Taisha. Devi tenerla protetta, ostinata, ferma. È tua e appartiene solo a te e al tuo futuro. Se rinunci al tuo cuore, sarai sempre una schiava.»

Annuii. «Non arrendersi mai a un altro essere.»

«E non raccontare loro quello che è successo alla roccia, con il giovane. Non finché non sarà il momento. E usa l'arancia. Lo farà anche lui.»

«La che? Non capisco. Leylah?»

Leylah ansimò e mi toccò il viso graffiato. «Le cicatrici interiori sono le peggiori, lo so. Ma quando te ne andrai da qui, avrai la possibilità di guarire. Cogli questa possibilità, per me. Per tutte noi.»

CAPITOLO TRE

Attuale rotazione del pianeta

«Quindi questa è la tua storia?»

Lo zandiano incrociò le braccia e i suoi muscoli si mossero. I miei capezzoli si strinsero e alzai lo sguardo. Com'era possibile che, nel mezzo della mia storia, io fossi affascinata dalla sua figura?

«Dubiti di me?»

«È un po' inverosimile.» Strizzò gli occhi. «Quindi la madre della tua caserma delle schiave, Leylah? È caduta al mercato e tu hai sfruttato il diversivo per cadere accidentalmente nel fiume e far finta di annegare?»

«Non è semplicemente caduta.» La mia vista era offuscata dalle lacrime. «In realtà... è morta.» Lo vedevo chiaramente come quando era accaduto. «Ha fatto un piccolo rumore, una specie di ronzio, poi un sussulto, ed è caduta.» Come un pezzo di stoffa increspato dal vento e avevo capito subito che la sua essenza era scomparsa dal corpo.

«E poi ti sei tuffata nel fiume e sei riuscita a nuotare

contro corrente, uscire e prendere lo zaino nascosto?» la sua voce aveva un tono incredulo. «L'unico modo per uscire dall'area recintata delle schiave e riuscire a scappare.»

Annuii.

«Poi sei stata aggredita da una guardia ocreziana, l'hai uccisa con questa siringa e lui è morto?»

Annuii di nuovo. Avevo omesso la parte riguardante la moneta. Dopotutto, Leylah aveva detto che era solo per Lamira. Inoltre, non ero ancora nemmeno su Zandia.

«E nessun altro essere ti ha vista.»

Distolsi lo sguardo. «No. Nessun essere mi ha vista dopo.»

Questo non era del tutto vero.

Uscita dal fiume, avevo preso lo zaino e cambiato i vestiti. Ero corsa di nuovo al mercato, mascherata con uno scialle per nascondere il viso. Ero arrivata anche al bordo della pista dove le navicelle aspettavano, una vasta distesa di terracotta con mezzi scintillanti. E dopo aver ucciso la guardia, i miei nervi erano scossi: era ovvio che, se non fossi salita su una navicella subito, sarei morta.

Nascosta dietro gli onnipresenti massi rossi, avevo aspettato, osservando gli esseri che preparavano pallet di merci da caricare su varie navicelle. Osservando quello di cui avevo bisogno.

Ma a quel punto…

Si era materializzato un gruppetto frettoloso: il padrone, il suo visitatore, e Rannah, con i polsi legati. Volto arrabbiato, lacrime che lo rigavano.

«Te l'ho detto, è caduta! È annegata!» La voce di Rannah era stridula e trasmetteva la convinzione della verità. «È morta. L'ho visto. È affondata ed è stata portata via. Nessun essere potrebbe sopravvivere alla corrente.»

E poi avevo visto il sorrisetto sul suo viso, quello che manifestava che ne era felice. E anche gli altri lo avevano visto, e quando lo aveva visto il padrone, il suo volto si era rilassato un po'.

Non abbastanza, però. Perché il suo visitatore, quello che mi voleva, che mi aveva toccato il viso con la sua mano disgustosa, era insoddisfatto. Si era guardato intorno, come se potesse vedermi indugiare nella zona.

«Potrebbe essere scappata.» Si era accigliato. «Forse si nasconde qui, e cerca di salire su una navicella. Cercatela nella zona.»

«Impossibile» aveva detto il padrone. «Queste navicelle sono troppo avanzate per i clandestini, e tutti gli schiavi sanno che ciò comporterebbe torture e morte se solo ci provassero.» Credevo non gli piacesse essere contestato, soprattutto da un ospite, e davanti agli altri. Con un po' di fortuna si sarebbe rifiutato perché era arrabbiato.

Sarebbe bastato un dito. Gli bastava alzare solo il dito e dare un comando, poi le sue guardie avrebbero effettuato una perquisizione e mi avrebbero trovata. E questa volta, la siringa che mi aveva salvato la vita prima, avrebbe comportato solo delle torture prima della morte, per me e forse anche per alcune delle mie amiche.

Rannah aveva girato le spalle. «È stata fatta a pezzi nel fiume» ripeteva, e il piacere nella sua voce, indiscutibile, mi trafisse il cuore.

Tuttavia, il padrone non ne era sicuro.

E avevo capito che il mio destino era finito quando suo figlio, restando di lato come sempre, mi aveva guardata negli occhi e mi aveva vista dietro il masso. I nostri occhi si erano incrociati, proprio come quando lui era nel fiume, morente, e io sulla riva. Quegli occhi strani, il colore più brillante che mai, così diversi da quelli di suo padre.

Ero morta e lo sapevo.

Ma poi il figlio aveva detto le parole che mi avevano cambiato la vita: «L'ho vista. È andata sotto e non è riemersa.

Solo un po' di rosso, il suo sangue e poi niente.» Aveva allargato le gambe e incrociato le braccia. «Ma sono sostituibili, padre. Se me lo permetti, parteciperò all'asta e te ne comprerò un'altra. Sono pronto a prendere il mio posto accanto a te. Sono pronto a crescere.»

Aveva incrociato lo sguardo con il padre e i due si erano guardati a lungo. Dopo un attimo, il padrone aveva fatto un passo indietro.

«L'hai sentito.» La sua voce era quasi giubilante. «Mio figlio l'ha vista. Andiamo.» Era tornato indietro per camminare accanto al giovane. «Trovami una sostituta il prima possibile.»

Il visitatore di Ocrezia aveva imprecato sottovoce e agitato la mano. Che sollievo. «Beh, non importa» aveva detto. «Ne sceglierò un'altra.» Tuttavia, si era voltato ancora una volta, un'ultima occhiata alla pista.

«Sceglierai quella che vorrai. Te ne lascerò prendere due.» Il padrone aveva sorriso e aveva messo la mano sulla spalla di suo figlio. «Ci penseremo io e mio figlio.»

E quella fu l'ultima volta che vidi gli ocreziani prima di infilarmi in un sacco di riserva sul pallet di merci in attesa di essere caricata sulla nave zandiana.

Adesso guardai di nuovo lo zandiano. «Nessuno sa che sono qui.»

Mi esaminò per un lungo secondo e fu come se i suoi occhi mi perforassero il cranio. Sapeva che stavo mentendo? Se non si fosse fidato di me, mi avrebbe sparato nello spazio? Mi avrebbe riportata agli ocreziani? Trattenni il respiro e sembrai il più seria possibile.

Alla fine, distolse lo sguardo. «Datele del cibo e più cure mediche», disse in ocreziano, la lingua in cui avevamo conversato, e io emisi un respiro tremante. «La interrogherò ancora quando sarà più in forze.»

Per qualche ragione, quelle parole mi fecero bruciare il corpo.

Ero solo nervosa, credevo. Il mio destino adesso era nelle sue mani. Quelle mani forti e capaci.

Agli zandiani piacevano le umane come compagne, mi aveva detto Leylah. Voleva dire possedermi? Per la prima volta nella mia vita, l'idea dell'accoppiamento non mi era sgradita.

Per mascherare il nervosismo, sorseggiai ancora dal tubo del fluido che mi aveva fornito. C'era già un impacco attaccato al mio braccio, con luci rosse lampeggianti. Mi stava dosando la medicina, avevano detto, che poteva aiutarmi a guarire dalla mia debolezza.

Seguii i guerrieri viola che mi avevano fatto cenno. Avevo le mani bloccate in modo lasco con delle manette; c'era abbastanza gioco per tenere il tubo dell'acqua e portarlo alla bocca. Non abbastanza per combattere, se ne avessi avuto bisogno.

Naturalmente, circondata da numerosi potenti guerrieri armati, non avrei avuto alcuna possibilità.

Inoltre, avevo chiesto asilo. Quindi mantenni il mio ritmo al loro passo e andai dove mi portarono.

** * **

Drayk

«Come *kazo* ha fatto a salire sulla nostra navicella?» Mi passai una mano sulla mascella e mi accigliai. «Abbiamo un ottimo protocollo.» La bellissima umana era quasi morta quando l'avevo trovata. Un pensiero che mi fece arrabbiare quanto la violazione della sicurezza.

«È stato inaspettato.» Il mio secondo in comando, Tarak, sospirò. «La merce è rimasta incustodita per alcuni minuti durante il cambio turno. Deve aver sfruttato quel momento per entrare nella cassa.»

«E i sensori di movimento? L'olo-feed?»

Si schiarì la voce. «Ah, a quanto pare... temporaneamente staccati.»

«Non possiamo lasciare che ciò accada di nuovo. Se fosse stato qualche altro essere, magari armato?» Scossi la testa. «Dobbiamo rivedere la nostra formazione sulla sicurezza.»

Ark, il nostro capo della sicurezza, abbassò la testa. «Ho disattivato tutto per evitare allarmi durante il caricamento.» Alzò il mento e incrociò il mio sguardo. «Farò in modo che ciò non accada mai più. Lo giuro.»

«Sì che lo farai.» Lo guardai male, poi annuii. Perdono e pretesa allo stesso tempo.

Guardai la cambusa e mi rivolsi a Tarak. «Credi alla sua storia?»

«Anche se fosse vero che ti ha colpito accidentalmente, sta comunque mentendo su qualcosa.» Fece una smorfia. «Carattere umano.»

«Scoprirò di cosa si tratta» promisi. «E poi le insegnerò che gli umani che chiedono asilo non mentono agli zandiani.» Il mio cazzo si indurì al pensiero di punire l'adorabile clandestina.

«Potrebbe essere una spia.»

«Non è chiaro il motivo per cui mi avrebbe attaccato. Aveva un disperato bisogno di scappare. Questo suona vero.»

«È deliziosa.» Ark, guardò in fondo al corridoio, come se cercasse di intravederla. Non aveva torto: quella perfetta pelle color ebano, gli splendidi occhi e le lunghe ciglia, le labbra carnose e morbide? Sì, era la *kazo* di donna più carina che avessi mai visto. «E pensa alla nostra fortuna: altri equipaggi escono e vanno incontro al pericolo e combattono per ottenere femmine umane. E noi? Arrivano dritte da noi, come calamite! Senza alcuno sforzo!» Ridacchiò. «Se fossimo rimasti più a lungo, forse ne avremmo recuperate altre due o tre.»

Trattenni l'impulso di ringhiargli contro. Per qualche ragione, mi sentivo già protettivo nei suoi confronti, anche se la conoscevo da pochi istanti, ed era una clandestina ingannevole che mi aveva avvelenato e poi aveva cercato di fingere che fosse stato un incidente. «Lei è un problema, ecco quello che è. Se gli ocreziani sapessero che siamo fuggiti con una delle loro schiave da Romon-3, a quest'ora? La tensione era già abbastanza alta tra noi. Potrebbero seguirci e attaccare.» Feci una pausa. «E in questo momento, Ark, ho bisogno che tu riveda i protocolli di sicurezza e ti assicuri che non si verifichino ulteriori violazioni mentre lei è a bordo.»

Ark alzò la mano e si allontanò.

Tarak li derise. «Non sarebbero così sciocchi da attaccare, gli ocreziani.»

Scossi la testa. «Sono vanitosi e assetati di potere, e si stanno diffondendo voci sugli esseri umani sul nostro pianeta. Voci di umane libere dalla schiavitù. Se queste informazioni si diffondessero alle loro schiave, potrebbero causare tentativi di fuga o ribellione di massa.»

«Tuttavia, questa è una navicella da guerra di Classe 3. Siamo già fuori dal loro spazio aereo e occultati. Non ci troveranno mai.»

«Può darsi. Ma potrebbero sfogare la loro aggressione su un'altra navicella zandiana.» Sospirai. «Ma ormai è già qui. E se la credono morta, non c'è motivo di restituirla.»

«La restituiresti davvero comunque?» chiese Tarak con tono ironico.

«*Kazo*, no.» Ridacchiai. «Non darò mai niente a un ocreziano. Soprattutto non qualcosa di così prezioso come una donna umana che hanno perso a causa della loro stessa stupidità.»

Ci ripensai. «A causa della sua intelligenza, piuttosto. Non sono così idioti. Deve essere una mente brillante.»

«Una mente di cui si parlerà a Zandia, quando torneremo con lei. Se è meravigliosa come dite tu e Ark, e se è scappata come dice? È come una centrale elettrica. Una partner perfetta. Cioè, se ritengono che sia sicuro tenerla su Zandia.» Alzò un sopracciglio. «Dopo che ti ha conficcato quell'ago, presumo che il re avrà qualche dubbio. Devo interrogarla?»

Mi accigliai. Poi mi alzai. «No. Le parlerò di persona e scoprirò di più. Dobbiamo comprendere la sua storia prima di portarla a Zandia.»

«Sembra quasi che tu la voglia per te.» Tarak sorrise. «Anche se so che non è possibile. Finora ti sei rifiutato di accoppiarti.»

«Questa conversazione non è appropriata» sbottai, sorprendendo entrambi con la mia veemenza. «È una clandestina pericolosa. Fine della storia.»

Tarak alzò entrambe le mani. «Le mie scuse, Capitano. Era solo per dire.»

«Beh, non dire altro sull'argomento.» Gli rivolsi uno sguardo cupo, anche se non riuscì a vederlo. Era così abile pur essendo cieco che raramente lo trattavo come tale. «Assicuratevi che ci troviamo sulla rotta giusta e tenete d'occhio gli ocreziani. La loro tecnologia di mascheramento migliora continuamente.»

Lui annuì e io percorsi il corridoio, ansioso di ricevere risposte dall'umana.

CAPITOLO QUATTRO

*L*amira

Mi misi in bocca una deliziosa e dolcissima torta fatta dalla cucina del palazzo, lodando il nostro anziano chef zandiano, Barr. «Mmm, me ne servono solo altre otto» scherzai, finendola. Stavo ancora allattando il mio secondo piccolo, il che significava che il mio appetito era sempre alto durante queste rotazioni planetarie. Inoltre, la scorsa notte non avevo dormito abbastanza, quindi stavo compensando l'esaurimento energetico con il cibo.

Lo chef Barr si inchinò. «Siediti. Ti servirò qualsiasi quantità desideri, mia signora» promise. Gli zandiani mangiavano solo una volta ogni dieci rotazioni planetarie e non facevano affidamento sul cibo per il sostentamento, ma dalla prima rotazione planetaria in cui ero arrivata, Barr aveva fatto di tutto per prepararmi e servirmi cibo terrestre.

Ne presi un altro pezzo. «Non posso restare; devo visitare uno degli insediamenti in questa rotazione del pianeta.» Diedi un morso mentre uscivo dalla porta e andai a sbattere contro un muro di solidi muscoli.

«Mio signore» sussultai di piacere.

Erano passati sei cicli solari da quando Zander mi aveva comprata per riprodursi e continuava a suscitare in me un tripudio di eccitazione ogni volta che gli stavo vicino.

Mi abbracciò e strinse la mia corporatura molto più piccola contro la sua, ma la sua espressione era seria. «Non uscirai.»

«Devo, mio signore. Mi stanno aspettando.»

Scosse la testa. «No. Hai bisogno di riposare. I piccoli ti hanno tenuta sveglia tutta la notte.» Era vero. Nostra figlia Kaylar era malata e aveva pianto quasi tutta la notte. Zander e i suoi servitori avevano cercato di aiutarla, ma lei voleva solo me.

«Farò un pisolino quando torno.» Sentivo la forte responsabilità di fungere da collegamento con le femmine umane che erano state rivendicate dagli zandiani e che ora abitavano il loro - il nostro - pianeta. Sapevo cosa voleva dire nascere e crescere come una schiava su Ocrezia. Non sentirsi mai al sicuro, portare tanta sofferenza.

«Ho detto no.» Zander si chinò e mi mise sulle sue spalle, portandomi verso la nostra camera. Mi diede uno schiaffo sul sedere abbastanza forte da essere considerato un avvertimento.

«Zander, fermati» ridacchiai. «Questo è del tutto indegno.»

«Avresti dovuto pensarci prima di sfidarmi» rimbombò, ma quando il suono di alcune voci arrivò dal corridoio, mi cambiò di posizione tenendomi in braccio. Poteva trattarmi come una schiava in privato, ma di fronte ai suoi guerrieri venivo sempre onorata.

Alzò il palmo della mano verso il sensore accanto alla porta della nostra camera e questa si aprì di colpo. Entrò e mi rimise in piedi. «Spogliati.»

Se non lo avessi conosciuto, avrei pensato che il suo sguardo fosse duro. Era spesso inespressivo o severo. Ma non era arrabbiato con me. Questo era un gioco, a cui non giocavamo da troppo tempo. Era una regola che mi aveva dato molto tempo fa: se mi trovavo nella sua camera, dovevo essere nuda.

La regola era venuta meno con il nostro primo figlio, e ora con due bambini e un pianeta bonificato da gestire, non avevamo più tempo per un'intimità prolungata.

Mi tolsi il tradizionale abito bianco zandiano e la biancheria intima e mi inginocchiai ai suoi piedi, indossando solo il collare tempestato di cristalli e i piercing di cristallo con cui mi aveva trafitto la pelle quando ci eravamo accoppiati formalmente.

L'ombra di un sorriso aleggiò sulle labbra di Zander. «Avrei dovuto trascinarti qui per disciplinarti molto tempo fa.»

Diede un'occhiata al suo dispositivo da polso. «Il novantacinque per cento e non ti ho ancora nemmeno toccata.»

Quando mi aveva acquistata per la prima volta per la riproduzione, il suo medico aveva incorporato un sensore nel mio corpo per leggere la mia eccitazione. Doveva aiutare Zander a imparare come ottenere un orgasmo da una donna umana, ma nel frattempo aveva anche imparato quanto il suo dominio alimentava la fiamma del desiderio in me.

Quindi sì, era colpa mia se l'intera popolazione femminile umana di Zandia era tenuta in schiavitù dalla dominanza sessuale dei loro compagni. Il mio corpo ci aveva tradite tutte.

I miei capezzoli si indurirono e la figa si strinse mentre guardavo il mio padrone dominante.

Il mio compagno.

Le antenne di Zander si ingrossarono e si inclinarono nella mia direzione, le sue iridi divennero più viola. «Ecco cosa succederà, piccola schiava. Ti scalderò il culo perché ieri sera ti ho detto che volevo che ti fermassi questa rotazione del pianeta e tu hai disobbedito. Poi ti cavalcherò finché non implorerai di essere liberata. E quando finalmente ti lascerò venire, sarai così soddisfatta che ti addormenterai subito. Ma se per qualche motivo ti svegli e scendi dalla piattaforma del sonno prima che la piccola richieda il prossimo pasto, ricominceremo da capo. Farò diventare il tuo culo del colore della mia pelle. Prenderai il mio cazzo zandiano finché non griderai, e poi dormirai ancora. Capito?»

Sentii avvampare le guance e trascinai il labbro inferiore tra i denti mentre annuivo. «Sì padrone.»

Gli occhi di Zander brillarono di un viola scuro. Mi afferrò i capelli. «Su, allora, piccola umana. È ora della tua punizione.»

* * *

ZANDER

IL PROFUMO DELL'ECCITAZIONE della mia compagna riempì la nostra camera. Era più tenera e bella che mai, il suo ruolo di madre e regina non le conferiva gli orgogliosi tratti regali che sfoggiava mia madre, ma qualcosa di molto più arrendevole. Ricettivo. Femminile. Eppure, non per questo meno forte. La sua morbidezza la rendeva la figura più adorata sul nostro pianeta, non solo dalla sua stessa specie, ma anche dalla mia, che aveva abbracciato per lo più l'idea di prendere le umane come compagne. C'erano ancora quei puristi che credevano che avremmo dovuto cercare un altro modo per evitare l'estinzione della nostra specie, e quelli che credevano che il fabbisogno alimentare degli esseri umani avrebbe distrutto le risorse del nostro pianeta, ma per la maggior parte, la mia specie era contenta. Avevamo riavuto indietro il nostro pianeta. Stavamo gradualmente acquisendo femmine e riproducendoci. Non era ancora abbastanza, ma ci saremmo arrivati. Non potevamo insidiare negli ocreziani il sospetto che ci stavamo accoppiando con le umane invece di schiavizzarle, altrimenti ci sarebbe stato un conflitto.

Mi sistemai su un sedile e la sollevai dalla posizione inginocchiata. Bella femmina. Il suo corpo era più morbido di quando l'avevo comprata inizialmente. Con la sua conoscenza dell'agricoltura e la mia ricchezza, eravamo riusciti a trovare e coltivare molte colture originali basate sulla Terra. Il corpo di Lamira si era riempito di cibo in abbondanza. Le strinsi il culo carnoso prima di abbassare bruscamente la mano.

Lei sussultò. Era da tanto che non la sculacciavo, oltre agli schiaffi che le davo qua e là per eccitarla. Il cazzo si allungò lungo la mia gamba in attesa di farla davvero contorcere sulle mie ginocchia.

Cominciai lentamente, strofinandomi nel mezzo, godendomi il modo in cui lei si tendeva e si rilassava, i suoi profondi respiri. Poi aumentai la velocità e l'intensità. Farle del male non era mai stata mia intenzione, ma solo procurarle il giusto tipo di dolore. Il tipo che la mandava alle stelle fino al culmine. La sua pelle cominciò ad arrossarsi sotto la mia mano, ma non mi fermai. Volevo prendermi il mio tempo durante questa rotazione del pianeta: assicurarmi che fosse stanca e soddisfatta in modo che potesse riposarsi un po'.

I suoi sussulti si trasformarono in piagnucolii e i suoi fianchi si contorsero nel modo più inebriante sulle mie cosce. Il cazzo premette contro il suo fianco, desideroso di unirsi alla festa.

«Zander» ansimò. Il sensore sul mio dispositivo lampeggiò: era vicina all'orgasmo. Non avevo più bisogno del sensore. Potevo interpretare la mia compagna; Conoscevo l'odore della sua eccitazione, la dilatazione delle pupille, il suono delle grida. Ma mi divertiva tenerlo: le letture del suo corpo erano sempre con me in ogni momento. Così non mi preoccupavo neanche per la sua sicurezza: potevo controllare i suoi parametri vitali e la sua posizione in qualsiasi momento.

«I tuoi doveri principali sono verso di me e i nostri figli» dissi, sculacciando un po' più forte. «E abbiamo bisogno che tu sia riposata e in salute. Se il tuo re dice che hai bisogno di un pisolino, obbedirai, capito, piccola schiava?»

«Sì, padrone» ansimò. «Oh, per favore, Zander.»

Sapevo che non mi stava implorando di fermarmi, ma di andare avanti.

«Se sei stanca, il resto del pianeta può aspettare. Delegherai i tuoi compiti e ti prenderai del tempo per te stessa. Sono stato chiaro?» Per chiarire il mio punto, le sferrai cinque forti sculacciate e lei gridò allarmata.

La feci alzare per mettermela a cavalcioni sul grembo, prendendo le guance natiche calde tra i palmi delle mani. «Allora, amore?» Mormorai piano, permettendo a una delle punte sensibili delle mie antenne di strofinarsi tra i suoi capelli setosi.

«Sì, mio Signore.» La sua espressione mostrava disperazione, supplica.

«Pronta ad essere scopata?»

«Sì grazie.» Il suo tono era dolce e sommesso. Supplichevole.

Non riuscii a fermare il sorriso feroce che si aprì sul mio viso. «Brava ragazza.» La presi in braccio e la portai sulla piattaforma del sonno, la stazione ovale galleggiante su cui dormivamo.

La feci sdraiare e trascinai le antenne sui suoi seni, giù sul suo ventre. Ne usai una per toccarle il clitoride e lei mi afferrò la testa, strofinandosi contro di essa.

Ringhiai. «*Kazo!*» Era troppo. Il mio bisogno crebbe come

una bestia selvaggia. Caddi su di lei, stringendo le mani attorno ai suoi polsi delicati e immobilizzandola. Con una spinta brutale, il cazzo la trafisse.

Il suo grido di piacere mi fece pulsare ancora di più le antenne. Spinsi così forte che il suo corpo scivolò sulla coperta del letto. Mi spostai per stringere una mano nel punto in cui la spalla incontrava il collo, così da tenerla ferma.

«Prendilo, piccola umana» ringhiai, anche se lei non oppose resistenza. Anche se alzò le gambe per avvolgermi la schiena e tirarmi dentro ancora più forte.

«Sì!» sussultò. «Ti prego, Zander.»

La scopai brutalmente, senza controllo, spinto dalle sue grida ansimanti. Mi sentii sopraffatto dal bisogno di dominare la mia compagna, di darle ogni briciolo della mia lussuria.

Le antenne rigide pulsavano, dure come la pietra. «Ora, bellezza. Vieni, Lamira» ordinai.

I suoi occhi verdi si fissarono nei miei e ci fu una pausa deliziosa, come lo spazio tra due respiri. Poi venimmo entrambi con l'esplosione di una supernova. Non smisi di spingere forte per tutto il tempo, il mio sperma color arcobaleno riempì il suo stretto passaggio e si riversò tra di noi.

Quando finimmo entrambi, rallentai fino a fermarmi e rimasi sospeso sopra di lei, premendo la fronte contro la sua, respirando il suo respiro.

Una scossa di assestamento la attraversò e la figa si strinse di nuovo attorno al mio cazzo e poi mi fissò senza guardare veramente.

Ancora, riconoscevo il segno di una visione che le stava arrivando. Nell'immobilità, la mia virilità pulsò e si contrasse dentro di lei, ma nessuno dei due si mosse.

Alla fine, sbatté le palpebre e il suo petto si riempì d'aria. «Una schiava umana è sfuggita nella rotazione del pianeta.»

Inclinai la testa, chiedendomi perché questo dovesse essere importante.

«Si è nascosta su una nave zandiana per chiederti asilo.»

Comunque, aspettai.

«La sua fuga porterà alla crisi con gli ocreziani. Scopriranno la relativa libertà che hai concesso alle umane qui e temeranno che ogni umana nella galassia tenti di fuggire per raggiungere Zandia.

La mia mascella si indurì e mi tirai fuori, lasciandomi cadere sul fianco accanto alla mia adorabile compagna. «Allora restituiremo la schiava. Non siamo nella posizione di rischiare una guerra con Ocrezia. Sono troppo potenti.» Avevamo riconquistato il nostro pianeta dai finn solo pochi brevi cicli solari fa e la nostra popolazione era prossima all'estinzione.

Lamira impallidì, con gli occhi spalancati. «Mio signore, non puoi. Il destino di questa umana è legato a quello di Zandia, proprio come lo era il mio. È stato visto in visioni diverse dalla mia. Deglutì. «Inoltre, se non è questa, sarà la prossima. Sai che questo conflitto è inevitabile.»

Mi accigliai, non per questa situazione: avevamo affrontato cose peggiori. Era soprattutto perché il mio piano di far addormentare la mia compagna era stato sventato. Dovevo reindirizzare questa conversazione se volevo avere successo. Le accarezzai le rughe sulla fronte. «Sì, suppongo di sì. Convocherò un consiglio per discuterne. Riposati, amore. Grazie per la tua profezia.»

Lei sbatté le palpebre per un momento, poi si rilassò, rannicchiandosi contro il mio petto. Le accarezzai le braccia e la schiena finché non scivolò nel sonno, poi mi alzai per chiamare il mio consiglio.

A quanto pareva stavamo per aprire un incubo diplomatico.

CAPITOLO CINQUE

Taisha

«Dimmi il tuo nome.» Abbaiò la domanda come un ordine, in piedi con le braccia incrociate sul petto.

Ingoiai il liquido che avevo in bocca e sussultai, muovendo tutto il corpo, e tossii. Feci fatica ad alzarmi in piedi con la bottiglia e le manette, e inciampai, intontita.

In un attimo fu accanto a me. «Non stare in piedi.» Adesso sembrava irritato perché avevo cercato di mostrare rispetto. «Hai bisogno di riposare.» Mi mise le mani sulle spalle.

Sussultai per la sua vicinanza. Il cuore mi batteva forte e feci cadere il tubo. Aprii la bocca ed emisi un piccolo squittio, perché il semplice tocco delle sue dita sul mio corpo, pelle contro pelle attraverso la trama dello scialle, mi diede fuoco. Immediatamente mi ribollì il sangue e lo sentii martellare nel collo, nei polsi e, Madre Terra, da qualche parte nel profondo del mio nucleo, un luogo segreto.

Stordita, l'unica cosa che riuscii a fare fu fissarlo.

«Ti ho fatto male? *Kazo.* Siediti, siediti.» Strinse le mani, poi le allentò, e il suo viso sembrò scurirsi e diventare più viola. «Io, io, penso che tu...» Si schiarì la voce.

Mi sedetti e mi morsi l'interno della guancia. I nostri sguardi si incrociarono. Era impossibile, questa sensazione nel mio corpo. Che mi faceva tremare il petto e la pancia. Non avevo mai...

Si abbassò e prese il tubo senza guardare, me lo porse, e il fatto che si trovasse più in basso di me, quasi ai miei piedi, fece intensificare le raffiche che attraversavano il mio corpo. Sentii bruciare il punto tra le gambe.

Avrei voluto parlare, ma avevo paura di squittire di nuovo, cosa che sarebbe stata sconveniente.

Mi stava ancora guardando e, per qualche motivo che non capii, le sue antenne si ingrossarono e crebbero.

Senza sapere perché lo stessi facendo, tirai fuori la lingua, mi leccai il labbro e accennai un sorriso.

Serrò la mascella e si alzò. «Ho chiesto il tuo nome. Se sei così ansiosa di chiedere asilo, ti suggerisco di collaborare come minimo con queste questioni basilari.» Il suo tono era severo. Dominante.

Emozionante.

«Sì, mio Signore.» Non sapevo se fosse il termine giusto, ma tutto ciò che volevo fare a questo punto era mostrare obbedienza. «Grazie per avermi permesso di presentare una petizione. Il mio nome è Taisha, sono una schiava umana e ho trascorso tutta la vita che ricordo su Romon-3 come proprietà del padrone ocreziano Foonal. Mi piacerebbe...»

«Fermati.» Alzò una mano. «Quando ne vorrò sapere di più, lo chiederò. Sarà un ordine.»

Castigata, annuii e strinsi tra le mani il tubo del fluido. Le manette mi circondavano delicatamente i polsi, quasi come gioielli. Sbuffai, pensandoci - io con della chincaglieria! - poi mi vennero le lacrime agli occhi. Tutto questo era davvero qualcosa di regale, rispetto al trattamento che avevo subito dagli ocreziani.

«Quante schiave vivono su Romon-3?»

«Nella mia fattoria ce ne sono esattamente trentatré. Il padrone possiede diverse fattorie su Romon-3 e non conosco il totale complessivo.»

Annuì, poi fece altre domande. Come venivamo trattate? Quanti anni avevamo? Dettagli sulla nostra salute? Come mangiavamo? Registrò la nostra discussione sul suo dispositivo di comunicazione.

Dopo un po' un altro zandiano si unì a noi e ci consegnò il mio zaino. Ci fu una discussione sottovoce in lingua zandiana, poi lui ritornò, con l'espressione più dura.

«E questo?» Sollevò il mio zaino. «Cosa c'è in queste siringhe?» Sorrise, ma non era amichevole. «Ora che hai risposto alle domande facili, arriviamo a quelle a cui tengo davvero.»

Deglutii a fatica.

Strinse gli occhi. Lui e l'altro zandiano si scambiarono uno sguardo.

Spaventata, parlai velocemente prima che avessero la possibilità di intervenire. «È il veleno degli aspidi che si trovano su Romon-3. Leylah lo fa, lo fa... l'ha fatto. In segreto.»

«Perché ce l'hai?»

«Mi ha detto di usarlo se fossi stata fermata. Era la mia arma d'emergenza. Come ti ho detto prima, l'ho usato per uccidere un ocreziano durante la mia fuga. È caduto, quasi immediatamente.» Scossi la testa meravigliata, ricordando il momento. «Stava per uccidermi, e poi... è semplicemente morto. In un lampo.»

«Subito?» Entrambi le fissarono, con espressione impietrita.

«Sì. Mi sono nascosta dietro un masso e ho visto un'altra

guardia che lo trovava. Quando è arrivato il medico, ha detto che si trattava di un infarto. Gli ocreziani sono soggetti. E poi, come ti ho detto, sono salita sulla tua navicella e mi sono nascosta.»

«Tenendo opportunamente ancora in mano la siringa che hai usato per aggredirmi.» Il capitano aggrottò la fronte.

Annuii. «Mi scuso mille volte, mio signore, anche di più se posso. Non è stato intenzionale. Volevo solo chiederti asilo, non farti del male. Mi sono scagliata in preda alla confusione e al delirio. Mi dispiace.»

«Sembra incredibile.» Incrociò le braccia e si accigliò.

Presa alla sprovvista, lo guardai sbattendo le palpebre. «Non capisco cosa intendi.»

«No, vero?» Aggrottò un sopracciglio, ma non stava scherzando.

Mi ritrassi sullo sgabello. «No, mio signore, non lo so.»

Lui e il suo secondo in comando si scambiarono un'altra occhiata. Si avvicinò. «Dimmi ancora dove hai preso il veleno, innanzitutto.»

Il suo cipiglio si fece più profondo e io risposi subito: «L'ha fatto Leylah. Usa il veleno per creare antidoti perché gli esseri umani sono sensibili alle tossine. Gli ocreziani no.»

«Ma questo non è un antidoto.»

«No, ha creato un nuovo veleno.» Cominciai ad avere di nuovo le vertigini. La mia voce vacillò. «Ha detto...ah, si dice che questa mistura sia fatale per un ocreziano, basta contare fino a tre. E aveva ragione.»

Il capitano zandiano disse: «Così ha creato all'improvviso una nuova tossina, basandosi su una voce, qualcosa che può abbattere un ocreziano adulto. Lo fa in qualche baracca con attrezzature rudimentali e senza addestramento, tutto in segreto. È giusto? E te l'ha dato perché ti imbarcassi in una missione folle con poche possibilità di successo, consapevole che se ti avessero trovata con questa sostanza, forse tutte voi umane sareste state uccise?»

Scossi la testa. «Era molto fiduciosa che non avrei fallito.» Provai a ripensarci. «All'epoca, suppongo, dubitavo che il veleno fosse una buona idea, ma lei disse di farlo. Così ho fatto.»

«Sembra fantastico. Ma non so se è la verità. Gli esseri umani mancano di onore. Mentono.»

«Allora quale credi che sia la vera verità?» lo sfidai, anche se sapevo che era meglio non sfidare un padrone. «Prima di tutto, Leylah non è un essere umano qualunque. Lei è, beh, lei è Leylah. Ha doni che vanno oltre l'ordinario. E secondo...»

Mi interruppe. «Parlerai quando ti sarà chiesto di farlo»

«Ma io...»

«Verrai punita se dovrò dirlo di nuovo.»

Le parole rimasero tra noi, scintillanti nell'aria. Restammo entrambi in silenzio. Mi fissò di nuovo negli occhi e, sebbene fosse arrabbiato e sospettoso, all'improvviso lo sentii nelle ossa. Mi desiderava.

E a differenza dell'attenzione del grottesco ocreziano, non ne avevo paura. In effetti... lo volevo.

L'altro zandiano nella stanza si schiarì la voce. «Capitano Drayk, ti concederò, ehm, della privacy.» Lo sguardo che rivolse al capitano fu una sorta di alzata di occhi significativa, e sentii il viso accaldarsi.

Madre Terra.

«Grazie, Arca.» Drayk annuì. Poi rivolse tutta la sua attenzione a me. Mi sentii rimpicciolire sotto il suo sguardo.

«Qualcuno ti ha dato queste siringhe e ti ha detto di avvelenare me e il mio equipaggio?» Mi domandò. «Si tratta di un veleno destinato a verificare se è possibile uccidere o meno gli zandiani con una nuova tossina?»

«Che cosa? *No!*» Ero inorridita. «Ovviamente no.»

«Era tutto un trucco?» Si avvicinò. «Il tuo padrone ti ha mandata qui per simulare una fuga e testare una nuova arma biologica?»

«No, mio signore. Per favore credimi.»

Il mio zandiano alzò la mano. *Mio?* Quando avevo iniziato a pensare a lui in questo modo? Soprattutto adesso, mentre mi stava interrogando?

Arrossii e spostai lo sguardo sul pavimento, sperando di liberare la mente da questi strani pensieri. Errore: facendolo intravidi le sue cosce nei calzoni attillati, i muscoli delineati, magri e potenti, e sentii il nuovo ma già familiare brivido in corpo.

Avevo sentito parlare di questa sensazione ma non l'avevo mai provata prima. Desiderio.

La sua voce si addolcì come se lo avesse sentito anche lui. «Hai chiesto asilo e noi siamo in grado di concedertelo, se ne sarai ritenuta degna. Ma ho bisogno di conoscere la verità. Se fossi stata costretta a salire a bordo della navicella e a fare del male agli zandiani, magari sotto minaccia di tortura per te o le tue amiche, ne terremmo conto. Non ti verrà fatto alcun male se ci dici tutta la verità.» La sua voce era setosa e quasi ipnotica. «Puoi fidarti di me. Dimmi chi ti ha chiesto di farlo. È la cosa giusta.»

Avrei voluto obbedire, anche se non c'era niente da dire. Volevo ottenere la sua approvazione.

«Te l'ho già detto.»

Abbandonò la parte e ritornò in una posizione feroce. «Chi te le ha date?» Il suo sguardo torvo si intensificò. «Non credo nemmeno un po' che il tuo piccolo gruppo umano sia capace di creare tutto questo.»

Sconcertata dal suo brusco cambiamento, balbettai. «Te l'ho detto, Leylah...»

«Questa tecnologia va oltre la tua comprensione. Capisci almeno di cosa si tratta?» Sollevò la fiala di vetro e questa brillò alla luce, il fluido all'interno luccicò e accese un arcobaleno improvviso quando inclinò il contenitore nella direzione giusta.

«Non conosco i dettagli. Ma lo giuro sulla mia vita, non sto mentendo su questo.»

«Ma mi stai mentendo su qualcosa.» Ringhiò.

Come poteva dirlo?

«No!» Distolsi lo sguardo prima ancora di volerlo fare. Dannazione. Adesso sapeva che stavo mentendo.

Rise. «Vedremo se riesco a trovare un modo per scioglierti la lingua.»

In un lampo, mi tirò in piedi e poi verso di lui. Anche se non era un gesto tenero, non fu nemmeno violento, e il tocco delle sue grandi mani sulla mia pelle mi fece sussultare.

Quando lo guardai, il suo viso palesò lo shock, come se lo avesse sentito anche lui, e ne fosse altrettanto stupito. Ma distolse lo sguardo e strinse la presa sulle braccia. «Gli zandiani hanno una politica contro la tortura. Ma la punizione fisica si è rivelata utile per le donne umane disobbedienti. So che non causerà danni o problemi permanenti, ma ti garantisco che non ti piacerà.»

Squittii e cercai di allontanarmi, ma la sua presa era solida come l'acciaio.

«Quindi ti sto dando un'altra possibilità di dirmi la verità sulle siringhe, Taisha.»

Mi guardò negli occhi. Eravamo così vicini ora che il suo respiro mi sfiorava il viso. Era caldo e neutro, leggero come l'erba. Piacevole, a dire il vero, e senza volerlo, mi avvicinai. Le sue labbra sembravano così lisce e forti allo stesso tempo. Perché desideravo di potergli accarezzare la mascella, toccare le antenne? Ero affascinata. Ero convinta che non mi sarebbero parse ruvide al tocco, ma lisce, calde, probabilmente pulsanti di vita. D'istinto mossi le braccia ammanettate verso l'alto e colpii la parte inferiore del suo corpo, connettendomi con una parte che non avevo mai... Oh, Madre Terra. Mi bruciò la faccia e lui sussultò, fissandomi come se non fosse sicuro di cosa stavo facendo. Abbassai lo sguardo, poi lo rialzai, perché i suoi occhi erano magnetici.

«Taisha?» Il mio nome sulle sue labbra suonava così bene. Nessun essere lo aveva mai pronunciato in quel modo. Come se significasse qualcosa di più di un codice a barre.

Inspirai ed emisi un piccolo verso, e questa volta fu lui a sporgersi, come se fosse affascinato. Come se non potesse resistere. Il viola nei suoi occhi adesso era più profondo, più scuro. Misterioso. Non potevo distogliere lo sguardo. Da un momento all'altro, ne ero convinta, avrebbe messo le labbra sulle mie. Stelle, non aveva senso, non era possibile, ma sentivo nelle ossa che questo essere mi desiderava tanto quanto io desideravo il suo tocco.

«Ma sto dicendo la verità...»

«Ecco fatto.» Fece un passo indietro. Sembrava quasi deluso mentre mi prendeva tra le braccia. «Era la tua ultima possibilità.»

Mi trasportò attraverso la cella. «L'impacco sul tuo braccio lampeggia in verde, il che significa che non hai lesioni interne.» Mi depositò su una panca dall'altra parte della piattaforma: «E questo significa che posso sculacciarti tanto forte e per tutto il tempo che mi occorre.»

Sculacciare? Avevo solo una vaga idea di cosa significasse. Avevo già sentito la parola, ma non era una punizione che conoscevo. Non mi sembrava avesse uno shock stick addosso.

Mi guardò con aria autoritaria. Spalancai gli occhi mentre lui si arrotolava la manica della giacca da volo, fletteva le mani, osservando il modo in cui i potenti muscoli delle sue braccia si muovevano agevolmente. «Pochi minuti fa mi hai chiesto asilo e hai detto che avresti fatto *qualsiasi* cosa avessi voluto.»

«Io...»

«E quello che voglio» aggiunse in tono colloquiale, come se stessimo parlando del tempo, «è che tu ti sottometta alla tua punizione. E che poi mi dica la verità su quello che chiedo.»

Questo maschio si muoveva come un fulmine. Un secondo era in piedi di fronte a me. L'istante successivo, era seduto sulla panchina e io ero sulle sue ginocchia, con la pancia che premeva contro quelle cosce dure che stavo osservando solo pochi minuti prima.

«No. Fermati.» Scalciai solo una volta, frustrata, davanti al rivestimento coriaceo del sedile. «Non è necessario. Te l'ho detto...»

«Bugie, sfortunatamente.» Mi mise una mano sulla schiena e mi premette sul suo grembo. «Ma penso che dopo una dose di sculacciate le cose cambieranno. Funzionano abbastanza bene sulle femmine umane, mi hanno detto.»

«Non conosco questa punizione. Gli ocreziani...»

«Sono delle bestie» ringhiò, premendo più forte con la mano. La allentò subito e mi accarezzò, come per scusarsi. «Sono cattivi.» Addolcì la voce. «Utilizzano la tortura e la paura. Questa non è la stessa cosa.» Fece scivolare la mano sulla mia schiena e mi rilassai. Resistetti all'impulso di spingere i fianchi verso il suo palmo, perché sarebbe stato ridicolo. Stava minacciando di punirmi, quindi perché mai avrei dovuto...

«Sembra sicuramente la stessa cosa» sbottai, anche se non era vero. La punizione per mano di questo maschio sembrava molto diversa. Era perché le nostre specie erano più compatibili? La mia attrazione per lui rendeva la sottomissione più appetibile?

Più spaventata dalla mia reazione che da quello che mi sarebbe potuto succedere, usai le mani ammanettate per colpirlo sullo stinco, cosa che, non potei fare a meno di notare, era estremamente duro. Teso. Lo colpii di nuovo e provai a farlo lentamente, in modo che le mie dita potessero scivolare fino al suo polpaccio, entrare in contatto con il suo corpo e indugiare solo un secondo in più del necessario per qualcuno che cercava di fare danni.

«Ti costerà caro» mi avvertì, ma la sua mano sulla mia schiena era morbida e sciolta. Mi accarezzava ancora. Era difficile credere che un tocco così morbido fosse compatibile con una vera punizione.

Un secondo dopo cambiai completamente idea.

«Ahi!» Senza preavviso, abbassò il palmo della mano su entrambe le natiche sollevate e il bruciore fu immediato. «Fermati, ti prego!» Mi girai e lui mi rimise a posto.

Era solo uno schiaffo. Lo sapevo. Non mi avrebbe causato alcun danno. Non era come uno shock stick. O come un vero e proprio pestaggio. O come lasciarmi morire di fame. Eppure, faceva male. Ed era imbarazzante.

Lo fece di nuovo. «Quando uno zandiano ti punisce, non puoi chiedergli di smettere.»

«Fermo» mi sentii ripetere. Non sapevo cosa ci fosse che non andava in me. Era come se volessi che mi punisse di più.

Era una follia: su Romon-3, il mio comportamento avrebbe avuto una punizione pesantissima. Mi avrebbero lasciata morire di fame e sarei stata messa in isolamento per settimane. Ma in qualche modo, istintivamente, sapevo che non mi avrebbe fatto del male. E una parte di me, una parte che mi faceva sentire per metà eccitata e per metà vergognosa, pensava che forse gli piacesse addirittura questo tipo di reazione.

Perché sarebbe dovuta piacere anche a me, però, non era chiaro.

Ma era così.

Almeno per ora. Perché anche se le sculacciate erano forti e mi infiammavano il sedere, ogni schiaffo premeva la mia pancia contro le sue cosce, contro il suo corpo. Sentivo i suoi muscoli muoversi sotto la mia pelle e lo sentivo respirare. E quella sensazione di formicolio cresceva nel mio corpo, facendomi desiderare un maggiore contatto con lui.

Mi dimenai sulle sue ginocchia, già senza fiato. Perché? Era perché il cuore mi batteva forte? «Ti prego.»

«Dimmi la verità.» Mi sculacciò ancora. E ancora.

Mi faceva stare bene e male allo stesso tempo. «L'ho fatto.»

Non rispose, ma mi sculacciò in modo costante, sempre più intenso, finché non mi bruciò il culo.

Non era più così divertente e mi aveva spostata in modo che non premessi sulle sue gambe in quel modo speciale e delizioso. No, ora era solo disagio.

Piagnucolai. Cercai di riprendere fiato. Madre Terra, bruciava!

Per fortuna, finalmente si fermò.

Volevo lenire il dolore atroce massaggiando la pelle dolorante. Avrei avuto bisogno di essere libera dalle manette, però. Il mio sollievo si trasformò in orrore quando lui mi tirò i vestiti. «Dato che per ora non sembra che tu abbia risposto, dovrò sculacciarti il culo nudo.»

«No.» Tesi le cosce.

Ma lui era più forte di me, ed era incredibilmente abile, e un attimo dopo, senza il mio aiuto, i pantaloni e la biancheria intima finirono sul pavimento e tutta la mia metà inferiore fu nuda.

«Cosa fai?» Era una domanda stupida. Non solo mi aveva detto cosa stava facendo, ma lo stava *già* facendo.

Abbassò di nuovo la mano con uno schiocco, facendomi strillare e tentare di allontanarmi.

«Dieci di queste» disse, sistemandomi sulle sue ginocchia, «e ne riparleremo.»

Abbassò la mano di nuovo. Ancora. Era forte. Non

riuscivo a immaginare che un essere umano potesse sculacciare così forte.

E quel pensiero mi ricordò il modo in cui i suoi muscoli si gonfiavano ben definiti sotto il suo abito da guerriero bianco. Non avrei dovuto trovarlo eccitante.

Non avrei dovuto.

Usai tutta la mia forza per respingerlo, ma era inutile e lui lo sapeva. Si prese il suo tempo, lasciando che le sculacciate impiegassero un momento per affondare prima di dare il colpo successivo.

Anche mentre mi dibattevo, ansimando, strillando per il bruciore, mi rendevo conto che era come un animale più forte che gioca con la sua preda. Stuzzicandola. Provocandola. E quel pensiero mi riportò quel formicolio alla pancia, che cominciava a crescere, e presto ogni sculacciata lo accese di nuovo finché non bruciai per qualcosa che nemmeno capivo.

Quando arrivò a dieci, mi stavo dimenando, non tanto per il disagio (anche se bruciava decisamente!) ma per la confusione. Il mio corpo mi stava tradendo in un modo mai visto prima.

«Ora proviamoci di nuovo, va bene?» La sua voce era diversa, mi sembrava. Mi tirò su e mi fece sedere sulle sue ginocchia, girandomi per guardarlo in faccia. Sentii i muscoli duri delle sue cosce sotto il mio culo nudo. Ero profondamente consapevole della figa contro la sua gamba.

Perché diavolo avrebbe dovuto mettermi sulle sue ginocchia? Era arrabbiato o no? Questa era una punizione... o qualcosa di diverso?

Ero certa che le sue antenne fossero più spesse e tese di prima, e pensavo di sentire anche il suo cazzo indurirsi sotto il mio culo. Mi dimenai, in parte per il disagio, e anche per avere più contatto con lui.

«Drayk» sospirai, dimenticandomi di chiamarlo padrone o signore.

«Dimmi quello che ho bisogno di sapere.» La sua voce profonda era bassa e implorante. «Non voglio doverti ferire.» Sembrava davvero preoccupato, mentre scrutava il mio viso per essere sicuro che non fossi a pezzi.

Apparentemente gli zandiani non avevano idea di quanto dolore e tortura potesse sopportare un essere umano. Non lo avrei illuminato sull'argomento.

«Rendi le cose più facili per te stessa.»

Era così serio che avrei voluto dargli la risposta che voleva. Ma era impossibile. «Non posso inventare favole per soddisfare il tuo errore.» Non potevo spiegarglielo, farglielo capire. «Lo giuro, le siringhe non c'entrano niente con Zandia.»

«Allora lo facciamo di nuovo.» Sospirò. «Te la stai cercando. Avevi la possibilità di evitarlo.»

Mi mise in piedi, di fronte alla panchina, poi mi spinse il busto verso il basso. Mi passò una mano sul sedere, come per lenire la pelle dolorante.

«Farà male» mi avvertì. Sentii un fruscio e un tintinnio, come se stesse rimuovendo qualcosa, e poi mi resi conto che si era tolto la cintura che reggeva la spada. La spada stessa giaceva nel fodero sul pavimento. Apparentemente non era affatto preoccupato che io la prendessi.

Giusto. Questo maschio avrebbe potuto sopraffarmi con il suo dito mignolo.

«Se non rispondi alla mia domanda entro i dieci colpi...»

Ci fu un suono sibilante, e poi una linea di fuoco mi colpì il sedere. Gridai, ma lui mi tenne ferma. Non potevo scappare.

«Puoi sculacciarmi quanto vuoi, ma questo non cambierà la mia storia» gridai. «Puoi uccidermi e non la cambierò.

Dico la verità.» Mi si riempirono gli occhi di lacrime. La cosa che mi faceva davvero male era la sua sfiducia.

«*Kazo.*» Gettò da parte la cintura e questa sbatté sul pavimento. Si lasciò cadere sulla seduta accanto a me. «Non è quello che volevo.»

* * *

DRAYK

L'UMANA TIRÒ su con il naso e io mi irrigidii.

Stelle, no.

Le avevo fatto male. Più delicatamente che potevo, le afferrai il mento e spinsi il suo viso verso di me. L'umidità le ricopriva le guance. Avevo sentito parlare delle lacrime umane, ma non le avevo mai viste prima.

Ero totalmente impreparato all'ondata di orrore che produsse in me.

«Taisha?»

Si liberò dalla mia presa e girò il viso dall'altra parte.

Mi si strinse il petto.

Kazo. Ero stato un idiota a pensare di sapere come disciplinare o interrogare una donna umana. Avevo appena sentito così tanti parlare del piacere di mettere in riga le proprie umane, non avrei mai immaginato che sarebbe stato altro che... soddisfacente.

Ma non lo era.

Era stato davvero terribile, a dire il vero.

Tranne per la parte in cui l'avevo fatta sedere sulle mie ginocchia.

Avevo bisogno di aiuto. Di qualcuno che potesse consigliarmi. Di assicurarmi di non aver causato danni irreparabili. Attivai la mia unità di comunicazione e richiesi la connessione con il dottor Daneth, il medico del re. L'essere che aveva ideato il programma di procreazione umana.

Apparve l'ologramma del dottor Daneth, ma all'improvviso fui posseduto dal folle bisogno di impedirgli di vedere Taisha. Soprattutto perché l'avevo spogliata. Armeggiai con le comunicazioni e passai all'audio, inserendo il ricevitore nell'orecchio in modo che solo io potessi sentirlo.

«Dottor Daneth, sì. Una femmina umana si era nascosta sulla nostra navicella mentre eravamo su Romon-3, una schiava fuggita. Ho applicato» - mi schiarii la gola - «la disciplina con la mano per incoraggiarla a essere più disponibile.»

«Sì?» Il dottor Daneth mi incalzò quando non proseguii.

Deglutii. «Una volta ho usato anche la cintura. Adesso sta piangendo.»

«Capisco» disse il dottor Daneth con il suo tono freddo e clinico. Era uno dei nostri anziani, ma aveva una compagna umana: una riproduttrice giovane e fertile che gli aveva già dato due piccoli mezzosangue zandiani. «Piange per il dolore o per il bisogno?»

Il cazzo mi si gonfiò alla parola *bisogno*, anche se non ero sicuro di cosa intendesse il dottor Daneth.

L'adorabile umana si era rannicchiata all'estremità più lontana della panca, nell'angolo, da dove mi guardava. Le ginocchia erano sollevate, nascondendo la figa, ma le curve arrossate del culo erano ancora visibili.

Mi schiarii la gola. «Uh... come faccio a saperlo, signore?»

«C'è umidità al suo ingresso? Potresti vederla luccicare tra le sue gambe. O annusarla.»

Mi avvicinai alla femmina con decisione, ma mi fermai di colpo. Mi ero allenato come guerriero fin da quando ero giovane. Ero impavido in battaglia. Con la spada o con il combattimento corpo a corpo. A mio agio al timone di una navicella. Ma le labbra carnose e imbronciate dell'umana tremavano ancora, e all'improvviso mi sentii insicuro di me stesso.

Misi le mani sulle sue ginocchia e le aprii delicatamente. *Per l'unica vera stella zandiana.* Era bagnata per me.

«Ah, sembra che sia bisogno, signore.»

E anche il mio bisogno in risposta era presente, non solo quello di martellarla tra le gambe finché non fosse esploso il mio climax, anche se c'era anche quello. Ma il desiderio di alleviare il suo dolore. Di portarla all'orgasmo e guardare quel suo giovane corpo maturo tremare e tremare ancora quando lo facevo io. Di darle piacere. Ero sopraffatto da quel bisogno.

Feci un respiro profondo.

«Capitano, intendi rivendicare questa femmina come tua compagna?» chiese il dottor Daneth, piuttosto bruscamente. La sua voce imponente mi distolse dalla mia lussuria.

Compagna?

Non ci avevo pensato. Era bellissima, ovviamente. Squisita con quella pelle scura e quegli enormi occhi marroni.

Ma una donna umana era una responsabilità enorme. Bisognava addestrarla ad adattarsi alla società zandiana. Essere responsabile delle sue azioni, garantire la sicurezza del nostro pianeta nel suo insieme. E le umane devastavano lo stato normalmente privo di emozioni di uno zandiano. Avevo una carriera nelle forze dell'ordine, responsabilità che richiedevano che io fossi calmo ed equilibrato.

Proprio nel breve tempo in cui questa umana era stata sulla mia navicella, avevo sperimentato più emozioni di quante ne provassi normalmente in un ciclo solare.

«Non ne sono sicuro, dottore.»

«Allora non avresti dovuto punirla in quel modo. È una disciplina intima usata con piacere per legarle al padrone o ai compagni. Senza il piacere, mostrerà segni di vergogna e persino di disperazione. È dannoso per la sua salute mentale.»

Il mio cuore iniziò a battermi più velocemente del normale.

Come avevo potuto fare un simile errore?

«Capisco. Risolverò il problema, dottore. Come meglio posso.»

Non ero sicuro di come farlo, sapevo solo che dovevo provarci. Ma mi stava ancora mentendo? Gli esseri umani erano creature ingannevoli.

Mi sedetti accanto a lei.

* * *

Taisha

IL GROSSO zandiano mi tirò su, facendomi stare tra le sue gambe con la stessa facilità che avrebbe avuto se fossi stata fatta d'aria. Mi palpeggiò il sedere, alleviando il bruciore.

Cercai di non gemere, ma era così bello. Giusto, anche se era al tempo stesso molto sbagliato.

Si avvicinò e mi fissò negli occhi. «Giuralo» ordinò. «Giura sulla tua vita e sulla vita di... Leylah. Posso dire che tieni a lei. Dimmi senza batter ciglio che non stai mentendo riguardo al veleno.»

«Non sto mentendo sul veleno.» Cercai di infondere nelle parole tutta l'autenticità che avevo, e la mia disperazione e sincerità dovettero finalmente emergere. Lo guardai in quegli occhi profondi, cercando di comunicare i miei pensieri in un modo che trascendeva le parole. Rimanemmo così, a guardarci negli occhi, per un lungo minuto. Il tempo scorse via e sentii quasi di conoscerlo. Pazza! Ancora una volta, sapevo che era una follia, ma c'era qualcosa in lui che mi chiamava. Come se fossimo stati destinati a ritrovarci così. Ed era fondamentale convincerlo della mia innocenza.

Dopo una lunga pausa, annuì. «Ti credo.»

Abbassai le spalle per il sollievo. «Grazie a Madre Terra.»

«Ma penso che tu stia ancora mentendo su qualcosa» mi avvertì.

Mi raddrizzai di nuovo, cercando di nascondere la mia sorpresa e il mio senso di colpa. «Ti ho detto la mia verità.»

Strinse gli occhi ma non disse altro.

«Se fossi saggio, mi faresti provare qualcosa di diverso dal dolore se davvero vuoi che ti dica delle cose» dissi. Non riuscivo nemmeno a immaginare cosa mi avesse portata a dirlo. Forse la pulsazione costante tra le gambe. Il modo in cui mi aveva aperto le ginocchia e mi aveva ispezionato. L'umidità della mia figa. Lo aveva chiamato bisogno.

Sì, sembrava un bisogno.

Provai a strofinarmi il naso e mi sbattei le manette sul labbro, dimenticandomi di avere ancora addosso quelle maledette cose. «Ahia.» Sussultai e premetti il dorso della mano contro la pelle per alleviare il bruciore.

«Taisha, stai bene?» Mi afferrò le mani, le abbassò per esaminarmi la bocca. Mi toccò il labbro inferiore con una mano, mentre con l'altra mi teneva ferma la testa. «Stai ferma, fammi vedere» mi ordinò. «So che gli esseri umani sono creature delicate.» Fece scorrere delicatamente il pollice lungo il mio labbro inferiore provocandomi un sussulto nel profondo. Una contrazione dei capezzoli. «No, non sei nemmeno tagliata. Non c'è niente.»

«*Kazo!*» Sganciò le manette e le mie mani si staccarono l'una dall'altra con un sibilo sommesso. «Non fare nulla di imprudente.»

Ma stavo già facendo qualcosa di molto, molto imprudente. Presi le antenne, perché non potevo aspettare un secondo di più per sentire la loro consistenza. E proprio mentre le mie mani si muovevano, prima che entrassi in contatto con la sua pelle, lui mi attirò per un bacio.

Sussultai contro la sua bocca e poi mi rilassai, lasciandogli il controllo dell'abbraccio. Mi afferrò le mani e le mise ai lati del viso, con una sorta di verso di avvertimento, poi usò la lingua per esplorarmi la bocca.

Ne ero golosa, già inebriata dal suo profumo, dal suo tocco. Non avevo mai toccato un maschio come questo in vita mia, il mio corpo sembrò capirlo bene. Era caldo e forte e mi godetti il potere nelle sue braccia, nelle sue gambe. Il suo petto. Mi premetti contro di lui in ogni modo possibile e spostai le cosce mentre le nostre lingue si incontrarono, ancora e ancora. Volevo qualcos'altro.

«So quello che vuoi» mormorò, staccandosi dalle mie labbra per un secondo.

Lo sapeva? Non ero nemmeno sicura di saperlo io. Certamente non sapevo cosa stessi facendo. Ma il mio corpo sembrava di sì.

Chiusi gli occhi. Stavo fluttuando. Spostai i piedi. Un secondo prima ero scioccata e imbarazzata di essere nuda davanti a lui. Ora, era diventata la cosa migliore della galassia, o quasi la cosa migliore, perché pensavo che ci fosse qualcos'altro in arrivo. Qualcosa stava crescendo dentro di me, una scintilla che ardeva sempre più calda e luminosa.

Gemetti nella sua bocca e lui mi baciò più forte. Questa volta, quando cercai le sue antenne, lui me lo permise, erano perfette proprio come le immaginavo: calde, sode, solide. Le sue pulsazioni aumentarono quando strinsi, proprio come immaginavo, e lo feci ancora e ancora, finché non ringhiò e mi baciò così forte che mi fece male il labbro più dell'urto con le manette. Ma mi piaceva, ne volevo di più, e continuai a giocare con le sue antenne per istinto, sentendolo indurirsi sotto le gambe.

Allungai una mano per accarezzarlo e lui gemette, mi

afferrò la mano. Non per fermarmi, ma per controllarmi. «Sai cosa stai facendo?» La sua voce era roca. Piena di bisogno. «L'hai già fatto prima?»

«No, ma lo voglio» sussurrai.

«Non sai cosa vuoi» disse con tono tormentato.

«Ti prego.» Mi si spezzò la voce. «Ti prego.»

«Ti prego, cosa?» Sembrava per metà divertito e per metà frustrato. «Conosci almeno la parola?»

Non riuscivo nemmeno a dirlo a parole, ma ciò di cui avevo bisogno era l'assoluzione. Avevo bisogno di essere trasfigurata. Avevo bisogno di qualcosa che andasse oltre me stessa, per compensare ciò che avevo passato durante le passate rotazioni planetarie. Probabilmente gli stavo chiedendo di salvarmi la vita.

«Semplicemente, ti prego» ripetei. Allargai le gambe e lui appoggiò la mano sulla mia coscia. E poi quello che venne dopo fu inarrestabile, nessuna parola contò più.

Le sue dita trovarono la pelle morbida e calda del mio interno coscia, e poi spinsero verso l'alto. Trattenni il respiro, non osando immaginare cosa sarebbe accaduto, finché non toccò la seta calda tra le mie gambe. Fu allora che gridai e gli affondai la faccia nel collo, mordendogli con forza la pelle, finché non ringhiò.

«Mettiti a cavalcioni» mi ordinò, aiutandomi a scavalcarlo in grembo così da mettermi di fronte a lui, cavalcandolo, con le gambe larghe. «Non toccarmi le antenne.» Fece una smorfia. «Altrimenti non riuscirò a fermarmi...»

«Fermare cosa?» Chiusi gli occhi e premetti le labbra su di lui.

Mi diede una pacca sul sedere con una mano e io provai a dirgli «oh» in bocca, ma fu tutto confuso dal bacio, e comunque non mi aveva fatto male. Mi aveva fatto sentire bene e misi fuori il culo, chiedendo di più. Mi sculacciò ancora, e ancora, finché il sedere non mi pizzicò quasi quanto prima, ma questa volta, mescolato alla passione, era così incredibile che sarei potuta morire.

«Sai come lo chiamiamo?» Mi toccò di nuovo tra le cosce. Ero così sensibile lì che gridai e cercai di chiudere le gambe, ma lui rise. «Tienile aperte per me, altrimenti sculaccerò ancora più forte quel culo.»

«Io...»

«Dillo.» Il tono era granitico. «Dimmi cosa farai.»

«Io... terrò le gambe aperte per te.» La mia voce era così piena di bisogno che non la riconobbi nemmeno.

«Molto bene. Questa è la tua figa» sussurrò, passando un dito lungo la mia pelle. «Il tuo clitoride.» Trovò la protuberanza che a volte strofinavo, a tarda notte, sul mio pagliericcio. Solo che il suo tocco mi fece bruciare così tanto che avrei voluto urlare. «Che in questo momento sono la *mia* figa e il *mio* clitoride. Capito?»

«Sì», sospirai. «Sono tuoi.»

«Posso farne ciò che mi pare.» Lo disse con tono arrogante, ma mi sciolsi dentro. Ero tutta bagnata anche tra le cosce.

«Ti è piaciuto quando ti ho sculacciata. E quando ho fatto questo. Mi infilò le dita dentro e trovò un punto all'interno del mio corpo che mi fece gemere di piacere. «E questo.» Strofinò il punto con le dita finché non tremai. Il mio corpo raggiunse un crescendo, andando sempre più in alto. Stavo per morire. Doveva finire, volevo di più, volevo...

«Ma non lo otterrai così in fretta.» Tolse le dita da dentro di me. «Perché altrimenti dove sarebbe il divertimento?»

Quasi piansi per la frustrazione e lui mi schiaffeggiò di nuovo il culo. E di nuovo. Quando quasi non ce la feci più, allungò la mano e mi tolse anche gli indumenti superiori, così mi ritrovai completamente nuda.

«Il tuo seno, così perfetto» mormorò, poi chinò la testa e leccò un capezzolo.

La sensazione fu così pura che gridai, e fu come se un lampo di luce avesse collegato le sue labbra al clitoride attraverso il mio capezzolo. Mi strusciai sulle sue ginocchia, senza vergogna, implorando con il corpo, mentre lui mi baciava ancora e ancora.

«Stai per cavalcare il mio cazzo.» Mi morse il labbro. «Dimmi che vuoi il mio cazzo.»

«Per favore, voglio il tuo cazzo» lo implorai.

Capivo come funzionava l'accoppiamento. Conoscevo alcune parole. Ma non avrei mai immaginato quanto potesse essere bello.

«No.» La sua voce era ruvida e tesa. «Non posso, se non siamo... ufficialmente accoppiati. Ma posso fare questo per te.»

Trovò di nuovo il clitoride con le dita. «E se me lo chiedi molto gentilmente, ti darò la liberazione che desideri.»

«Farò tutto quello che vuoi» piagnucolai.

«Ah, ma me lo avevi già promesso quando ti ho vista per la prima volta», mi sussurrò all'orecchio, poi mi morse il lobo. Forte. «Cos'altro puoi offrire?»

Stava scherzando, ma una risposta per lui l'avevo. Era una promessa che veniva dal profondo del mio cuore e, sebbene fosse avventata, sapevo che era vera. Non riuscii a

dirlo, però, perché le sue dita abili si stavano muovendo sul mio corpo in un modo che mi fece perdere ogni controllo. Accarezzava, stuzzicava, pizzicava e ogni movimento mi avvicinava al precipizio.

«Non venire finché non ti avrò dato il permesso, *kazo*» mi ordinò, mentre le mie cosce iniziavano a tremare e io gemevo per il bisogno. «Se, vieni troppo presto, *kazo*, prenderò quella cintura e ti frusterò il culo proprio adesso, prima di farti venire ancora e ancora, e finché non ne potrai più.»

Gridai, perché quelle parole mi fecero bruciare più di quanto potessi sopportare.

«Ti prego» lo incitai, con la voce tremante. «Morirò se non me lo permetti.» Ma non pensavo di disobbedirgli. Anche se era un gioco, mi possedeva. Completamente.

Ero convinta che avesse sussurrato qualcosa del tipo: «Non permetterò mai che ciò accada. Lo giuro.» Ma stavo emettendo versi che rendevano difficile sentire, piccoli sospiri e gemiti.

Finalmente, disse «adesso» e mi diede un colpetto al clitoride prima di accarezzarlo con movimenti morbidi e costanti. Urlai e permisi a questa incredibile ondata di arrivare. Dietro i miei occhi, c'erano luci, colori e lampi. E in corpo, la sensazione più dolce e atrocemente fantastica che avessi mai provato in vita mia. E andò avanti all'infinito mentre mi toccava, mentre eravamo connessi, finché non raggiunse il picco e bruciò. Poi tornai tra le sue braccia, sudata, ansimante, piena di beatitudine e contentezza.

CAPITOLO SEI

Drayk

Per le *kazo* di stelle. Cosa avevo fatto? L'umana dormiva tra le mie braccia, completamente esausta per la sua prova e il suo, oserei dire, fenomenale, orgasmo. Fece un po' le fusa e si rannicchiò contro di me, poi disse qualcosa di incomprensibile nel sonno. Stava sorridendo, però, quindi ero certo che non stesse avendo un incubo.

Naturalmente, gran parte della sua vita finora era stata probabilmente un incubo. Avevo peggiorato le cose?

Tarak aprì la porta, chiamandomi. «Capitano, il nostro atterraggio...» Si fermò quando percepì che era tra le mie braccia. Alzò le sopracciglia e indicò, poi sorrise. Mormorò: «Sporco bastardo.»

Il mio corpo si irrigidì. «Fottiti» risposi mormorando.

Lo sentì, anche se era solo un sussurro: il suo udito era molto potenziato a causa della sua mancanza di vista. E sapevo che, anche se non riusciva a vedere i lineamenti e i volti, aveva dei sensori di calore a infrarossi integrati nel suo cervello, che gli permettevano di vedere le forme dei corpi...

e la vicinanza dell'uno all'altro. Sì, Tarak sapeva esattamente cosa avevo fatto con Taisha.

La mia piccola umana dormiva profondamente, quindi la spostai delicatamente sul sedile e sollevai lo scialle dal pavimento per nasconderne la nudità.

«Volta le spalle in segno di rispetto» ringhiai a Tarek sottovoce mentre lo raggiungevo, anche se era già coperta e lui non riusciva a vederne la figura.

«Calmati. Non la tocco.» C'era dell'ironia nella sua voce.

Lo afferrai per il braccio e lo tirai fuori dalla porta, che si chiuse con un sibilo e un segnale acustico, mentre la luce segnalava che era chiusa. Se si fosse alzata, non sarebbe stata in grado di lasciare l'area. Era ancora nostra prigioniera, ovviamente. Io non ero stupido.

«Cosa ti è preso? L'hai *scopata*?» Strizzò gli occhi. «Sai che non è...»

«No, non l'ho *scopata*» sbottai. Anche se ci ero andato molto vicino. «Io, ehm, l'ho punita per aver mentito. Ho cercato di estorcerle la verità. Poi ho dovuto solo, ah, consolarla. Il dottor Daneth mi ha detto che gli esseri umani hanno bisogno di questo tipo di attenzioni.» Mi schiarii la gola.

«È così?» Tarek mi sbeffeggiò. «Volevi estorcerle informazioni? È più probabile che stessi cercando di *inserire* qualcosa piuttosto che *estrarla*.»

Non aveva torto.

Rimasi calmo per non dargli un pugno in faccia o al muro. «Ho fatto quello che era necessario per vedere se mentiva. Credo che sia sincera riguardo alle siringhe.»

Divenne serio. «Se è così, allora quello che abbiamo ora è il prototipo di una nuovissima arma biologica, Capitano. Una che potrebbe aiutarci a combattere gli ocreziani, se mai si dovesse arrivare a quel punto.» Eravamo migliori amici oltre che membri dell'equipaggio, ed era in grado di passare dalle battute al lavoro in una frazione di secondo.

«Assolutamente corretto giusto. E se gli ocreziani venissero a sapere che la abbiamo, è molto probabile che agirebbero contro gli umani su Romon-3, o contro di noi, o contro entrambi.»

Rimanemmo tutti e due in piedi mentre guardavo attraverso l'oblò la sua figura addormentata. Sembrava piccola e delicata, ma sotto quell'aspetto adorabile c'era un mistero. «Forse ci ha portato un'arma segreta che potrebbe darci un vantaggio sugli ocreziani.»

«Oppure ci ha portato una maledizione che farà scoppiare una guerra.» Tarak sospirò. «Re Zander dovrà decidere cosa fare con lei.»

Questo non mi andava bene. «Asilo, ovviamente» dissi, accigliato.

Tarak inclinò la testa. «A meno che il nostro pianeta non sia meglio servito restituendola.»

«Non darei mai a un essere umano...»

«Non in circostanze normali. Ma se fosse per il bene di Zandia...» Si fermò.

Mi sentii stringere il petto. «Non si arriverà a questo» giurai, anche se ovviamente non avevo modo di assicurarmi che fosse così. «Non possiamo rimandare un essere senziente – nientemeno che un essere umano! – a certe torture e alla morte.»

«Gli esseri umani sono stati ridotti in schiavitù per millenni dagli ocreziani e dalla maggior parte del resto delle specie della nostra galassia. Gli zandiani non hanno mai interferito prima» disse Tarak.

Ringhiai. Aveva ragione, ovviamente. Ma ora che avevo tenuto quell'umana tra le mie braccia, non avrei mai potuto mandarla a morire.

Mi raddrizzai. Avevo bisogno di rimettermi in sesto. Tutta la mia vita era stata dedicata a Zandia e alla sopravvivenza della nostra specie. Non solo ero il capitano di una navicella da caccia, ma mi stavo anche addestrando come saggio giudiziario, nientemeno che sotto la guida di re Zander in persona. Dovevo mantenermi calmo ed equilibrato in modo da poter prendere decisioni sull'asilo e sulle questioni di Stato che avrebbero protetto meglio Zandia... non i miei desideri egoistici.

«Certo che hai ragione.» Stavo lasciando che la lussuria avesse la meglio su di me. «Si dice che gli umani facciano emergere le emozioni negli zandiani e li indeboliscano. Dovrei starle lontano affinché ciò non accada.»

Tarak mi diede una pacca sulla spalla. Prima di seguirlo al nostro centro di comando, diedi un'ultima occhiata a Taisha dal finestrino. Si era spostata nel sonno e un'anca perfetta sporgeva verso l'alto. Mi si indurì il cazzo e mi costrinsi a concentrarmi sul compito da svolgere: far atterrare la navicella su Zandia.

Per quanto deliziosa fosse, non potevo permettermi di sprecare energia mentale e tempo con lei. Il re e il mio pianeta avevano bisogno che io fossi completamente devoto.

Ma anche mentre eseguivo le manovre che avevo imparato a memoria, adattando abilmente la nostra navicella, lei era sempre presente nella mia mente. Gli occhi lucenti, la pelle tesa, il sapore della sua bocca. Il modo in cui si adattava perfettamente al mio corpo. Quanto desideravo farla mia.

All'improvviso il comunicatore nel mio orecchio emise un segnale acustico. «Capitano Drayk? È di nuovo il dottor Daneth.»

«Sì, dottore?»

«Sono qui con il Maestro Seke. Potresti riuscire a completare una missione per me. È una questione di natura personale... ma importante per me.»

«Qualsiasi cosa, dottore.» Il dottor Daneth occupava una posizione molto rispettata nel palazzo di Zander. Alta quanto quella del Maestro Seke, il nostro comandante di guerra. Rifiutargli un favore sarebbe stato un suicidio professionale. Inoltre, mi aveva appena aiutato con l'umana.

Il dottor Daneth si schiarì la voce. «La mia compagna umana ha dato alla luce due piccole umane come schiava per la riproduzione per gli ocreziani. Le sono stati portati via. Li ho cercati attraverso i normali registri di dati e i canali diplomatici, senza alcun risultato. Ho concluso che l'unico modo per determinare la loro posizione attuale sarebbe quello di irrompere e rubare i documenti fisici dalla struttura di riproduzione dove era detenuta Bayla.

Il mio cuore accelerò, il mio corpo addestrato come guerriero era già desideroso di una nuova missione.

«Saremo lieti di intraprendere questa missione per te, dottore.»

«Grazie.»

Seguì la voce del Maestro Seke. «Il monitor remoto mostra che hai carburante sufficiente per almeno due ipersalti e scorte per durare una rotazione lunare. Corretto?»

«Affermativo.» Spostai la comunicazione in modo che anche il mio equipaggio potesse sentire.

«E siete vicino al pianeta Fonquin?»

«Affermativo.»

Tarak si sedette più dritto accanto a me, probabilmente altrettanto eccitato dalla nuova missione.

«L'essere umano a bordo è contenuto e stabile?»

«Sì.»

«Devia al settore A-47 verso il pianeta Fonquin. Abbiamo intercettato una comunicazione occultata secondo cui i registri degli schiavi fisici verranno spostati in una nuova struttura, più sorvegliata. Questa è l'unica possibilità che avremo di intrufolarci senza essere scoperti e rubare quelli di cui abbiamo bisogno.»

«Inteso.» Ero pieno di energia.

«Le figlie di Bayla sono ancora schiavizzate da qualche

parte nell'universo» affermò il dottor Daneth. «La mia speranza è che questi registri rivelino la loro posizione, o almeno i loro codici a barre, così potrei cercare la loro posizione attraverso altri canali di dati.»

Il Maestro Seke parlò. «Se riesci a caricare questi dati, avremo la posizione di entrambe le bambine e potremo determinare se e quando intraprendere una missione di salvataggio per ciascuna.»

«Possiamo farcela» promisi.

«Hai l'unica nave da guerra pronta nelle vicinanze. Anche l'ora necessaria per prepararne una seconda è tempo sprecato.»

«Dottor Daneth, dì alla tua compagna che prenderemo quei dischi.»

Il Maestro Seke disse: «Imposta la rotta, la velocità massima che tutte le forme di vita a bordo possono tollerare. Ti invieremo le informazioni necessarie man mano che procedi.»

«Sarà fatto.» Impostai il nuovo corso nel computer. «Dovremo preparare un piano d'attacco. Tarak, ci sei?»

Accanto a me, Tarak era profondamente concentrato, le sue cuffie emettevano segnali acustici e le palpebre chiuse tremolavano mentre le mani correvano sulla tastiera. Trovavo ancora difficile capire come uno zandiano cieco potesse essere così bravo a orientarsi, ma aveva sviluppato un'unità con la tecnologia che non aveva eguali. Mi fidavo di lui al 100% e non avevo mai temuto di averlo al mio fianco. In effetti, era una delle migliori tecnologie stellari di Zandia in questa rotazione del pianeta.

«Sì.» Annuì. «Sono sintonizzato sul sonar e sulla trascrizione visiva e sto tracciando il percorso migliore per evitare gli asteroidi nella fascia del Delta.»

«Meglio tu che io.» Ridacchiai, ma non era uno scherzo.

«Finché il dottor Daneth non approverà gli impianti cerebrali per tutti noi, ovviamente.»

Sbuffò. «Non trattenere il respiro. È decisamente troppo pericoloso tentare l'operazione su uno zandiano senza handicap. Siamo stati fortunati che non mi abbia ucciso. Ricorda che ho perso la sensibilità alle gambe a causa di questo per un ciclo solare e ho dovuto fare una pesante riabilitazione per ricostruire i nervi danneggiati.» Poi fece una smorfia prima di riacquistare la sua solita espressione positiva. Non l'avevo mai sentito lamentarsi della sua cecità, ma a volte mi chiedevo se gli desse fastidio. Chiaramente era una grande risorsa per Zandia, disabilità o no, ma non aveva mai preso una compagna. Non sembrava nemmeno mostrare interesse per la cosa. Anche se gli piaceva la voce della nostra nuova umana.

Mi concentrai sul nostro compito. «Qual è il percorso migliore?»

«Possiamo aggirare la cintura Delta. Se andiamo dritti e uso il mio collegamento per evitare asteroidi e detriti, arriveremo lì nella metà del tempo.»

«Fallo.» Sapevo che poteva gestirlo: ci aveva guidati attraverso luoghi in cui anche le navicelle più piccole e agili non potevano andare. Anche la nostra migliore navigatrice umana, Mirelle, che aveva una sorta di straordinario dono di concentrazione che la rendeva perfetta per la navigazione di un'astronave, non poteva fare meglio di Tarak nelle sue migliori rotazioni planetarie.

«Capitano.» Annuì e chiuse di nuovo gli occhi.

Entrò un membro dell'equipaggio zandiano. «Signore. L'umana chiede aiuto. Chiede di te.»

«*Kazo*.» Ricordai che l'avevo lasciata lì dopo che... *kazo*. «Mandate qualcuno che le dia da mangiare e...»

No, un attimo.

Non potevo sopportare il pensiero che un altro zandiano

entrasse lì e la vedesse. Aveva ancora il culo nudo? L'avevo coperta adeguatamente? Non ero sicuro di averlo fatto. Il senso di colpa e qualcos'altro rimbalzarono dentro di me.

Gelosia.

Non era un'emozione che ero abituato a provare. Maledetti umani con la loro strana capacità di risvegliare le emozioni zandiane!

Guardai il mio schermo: eravamo sulla buona strada, stabili. «Fa niente. Mi occuperò io dell'umana. Tornerò tra qualche istante.» Mi alzai e uscii.

Presi fiato mentre mi avvicinavo alla porta. Mi raddrizzai prima di aprire.

Stava gemendo. Quando alzò lo sguardo su di me, gli occhi erano selvaggi, come se stesse vedendo qualcos'altro.

Ecco come era apparsa quando mi aveva colpito con la siringa.

«Vattene, non toccarmi!» gridò e si ritrasse. «Per favore.» La voce le tremava.

«Vai.» Congedai la guardia. Lui annuì e girò sui tacchi, e io entrai nella stanza, lasciando che la porta si chiudesse con un sibilo e facesse clic dietro di me.

«Taisha.» Mi sedetti accanto a lei. «Stai avendo un'allucinazione.»

Non mi riconobbe, le afferrai entrambi i polsi, appena sopra le manette. Le parlai all'orecchio, lasciando che le mie labbra quasi le toccassero la pelle. «Sei. Al. Sicuro. Respira.»

Immediatamente si immobilizzò, poi sbatté le palpebre, mettendo a fuoco con gli occhi. Lentamente, il corpo teso si rilassò. Mi sedetti accanto a lei, me la tirai sulle ginocchia e la strinsi tra le braccia, e lei mi crollò sulla spalla. Tremava ancora. Non era esattamente erotico, ma non era nemmeno platonico. Ero ipnotizzato dalla sensazione dei suoi capelli ricci sulla mia guancia quando chinavo la testa. Profumava di fiori. Sarei voluto restare qui per eoni, ma il mio tempo era scaduto. Mi schiarii la gola e lei aprì gli occhi socchiusi e sbatté le palpebre per ricacciare le lacrime, poi alzò lo sguardo su di me.

«Dove sono? Io... oh. Sulla navicella.» Abbassò lo sguardo sulle manette, poi sul suo corpo. «Noi, ah, io... sì.»

La feci scivolare giù dalle mie ginocchia e le porsi i suoi vestiti, imbarazzato dalla mia dimostrazione di tenerezza.

«Il tuo trauma sta influenzando la tua ragione» osservai. Sapevo che gli umani erano creature emotive, ma sembrava che questa qui fosse diventata instabile. Tuttavia, ciò non fermò il feroce picco di protezione che provavo nei suoi confronti. Semmai lo aumentò.

«Siamo stati dirottati in una missione prima di andare a Zandia.» Considerai l'idea di dirle di cosa si trattava. Dopotutto, era una schiava fuggita. Avrebbe potuto avere qualche informazione da offrirci per aiutarci a rubare questi documenti sugli schiavi. «La compagna umana di uno dei migliori consiglieri del re sta cercando i suoi piccoli. Le sono stati portati via alla nascita. Abbiamo l'opportunità di estrarre i dati necessari per localizzarli.»

Taisha sgranò gli occhi.

«Hai chiesto asilo su Zandia. Sei disposto ad assistere e servire la nostra specie?»

Deglutì e io guardai, incantato, i suoi tendini delicati e il collo sottile. Gli zigomi erano alti e obliqui e gli occhi ora apparivano più luminosi. Stelle, era carina. «Sì, padrone» rispose.

Mi alzai. «Allora ho bisogno che tu ti sieda nella sala di controllo e risponda alle domande sui detentori di schiavi di Ocrezia. Potremmo avere bisogno di queste informazioni per la nostra missione.»

La mia voce era severa, ma il mio corpo... *kazo*, quanto la volevo.

Annuì. «Certamente, padrone.»

Il cazzo si ingrossò. Avrei dovuto dirle di non chiamarmi *signore* o *padrone,* ma mi piaceva troppo.

Per ora le avrei lasciato le manette. Era ancora nostra prigioniera e non mi fidavo di lei. «Questa è un'occasione per dimostrarci la tua lealtà.» La aiutai ad alzarsi. «Verrà tutto preso in considerazione quando finalmente arriveremo a Zandia.» Mi guardai il braccio. «Visto che il nostro primo incontro non è andato bene.»

Lanciò un'occhiata al mio braccio, che ormai era completamente guarito. «Ho detto che mi dispiace.»

Dovetti sforzarmi di non sorridere, anche se non ero sicuro del motivo per cui volessi farlo. Probabilmente mi piaceva fin troppo il fatto che si dispiacesse. «L'ho sentito. Ma sarà il tempo a dimostrarlo. E puoi iniziare il processo ora. Vieni.»

Feci scivolare il palmo della mano attorno alla morbida curva del suo gomito. Il suo profumo mi riempì le narici, facendomi quasi perdere l'equilibrio. *Kazo,* avrei voluto buttarla sulla panca e *scoparla* finché non avesse gridato di piacere.

Non adesso.

Sicuramente non ora.

Mi ricomposi e la accompagnai lungo il corridoio fino alla console, e la feci sedere vicino al mio posto, un po' di lato.

«Non toccare nulla» la avvertii. «Non interferire con nulla.» Per essere sicuro, presi una delle sue manette e la bloccai al sedile, così da assicurarmi che non potesse andarsene e avvicinarsi alla console di controllo.

Lei annuì e basta. Aveva gli occhi spalancati e si guardava intorno, per metà stupita e per metà nervosa.

«La prima volta su una navicella?»

Annuì. «Sì padrone.»

«Sei nata su Romon-3?»

«No...» Aggrottò la fronte. «Suppongo di essere stata trasportata lì dal centro di procreazione. Ma ero in una gabbia. Non ho mai visto la navicella.»

Sapevo che gli schiavi venivano trasportati nelle gabbie, ma sentirlo, sapere che questa bellissima umana aveva trascorso la sua vita trattata come una bestia, mi colpì come un pugno allo stomaco.

«Mi dispiace» dissi. Ed era vero.

CAPITOLO SETTE

*T*aisha

«Qual è precisamente la vostra missione, padrone? Come posso aiutare?»

Né il capitano né il suo secondo in comando mi risposero. Era strano che il navigatore avesse gli occhi chiusi. Indossava un complicato auricolare con fili e qualcosa che lampeggiava, e stava lavorando.

«Può vedere? Riesci a vedere?» Rivolsi la domanda a ciascuno a turno, ma ancora una volta, nessuna risposta.

Mi girai più che potevo per guardarmi intorno nella cabina. Era elegante e ben formata, con pannelli sottili, luci e display digitali. Non avevo mai visto una tecnologia del genere; gli ocreziani ci tenevano il più possibile lontani da queste cose per mantenerci ignoranti e incapaci di armarci. Ma anche io riuscivo a vedere che era magnificamente allestita.

«Dimmi solo come posso aiutarti.» Alzai la voce: «Sono ansiosa di fare quello che posso.»

Mi sembrò che il mio capitano avesse annuito leggermente, ma aveva gli occhi puntati sullo schermo e stava leggendo qualcosa dal comunicatore.

«Si trova in un edificio di registrazione degli schiavi etichettato B-33-X su questa mappa.» Indicò.

Il suo navigatore annuì senza nemmeno voltarsi. «Sì, è un edificio su un terreno e apparentemente è destinato alla distruzione. Stanno spostando tutti i documenti nel nuovo sito di archiviazione in città.»

«C'è qualche feed olografico sul posto per valutare le abitudini e l'abbigliamento locali?»

«Sarà un problema. Non ci sono zandiani sul pianeta.»

Entrambi ridacchiarono, ma sembravano tesi.

Il mio capitano aggrottò la fronte. «Sembra che gli unici esseri a cui è consentito entrare in quell'edificio siano gli ocreziani o gli umani.»

«*Kazo*. Anche con i nostri travestimenti, non sarà facile. Abbiamo quelle maschere ocreziane, ma non si adattano perfettamente. Inoltre, è una piccola area e si conoscono tutti. La mia migliore valutazione è che c'è una probabilità del sessanta per cento che riusciremo a farcela senza essere segnalati come intrusi.»

«Il maestro Seke vuole che questa sia un'operazione segreta. Dobbiamo farlo in modo da non destare alcun allarme. Se sapessero che abbiamo preso i documenti, o anche solo lo sospettassero, si scatenerebbe un problema politico con gli ocreziani.»

Ci fu silenzio.

«Se andassimo di notte con due delle nostre guardie a bordo come copertura? Un'operazione segreta?»

«Possibile. Ma è comunque rischioso.»

«Peccato che non abbiamo una delle nostre combattenti umane a bordo che possa agire come spia. Mirelle lo farebbe. O Cambry e suo fratello Tal. E penso che siano gli unici esseri che potrebbero farlo senza essere scoperti.»

«Mirelle è dall'altra parte della galassia con i suoi padroni, a due rotazioni planetarie di distanza anche con l'iper. Non è possibile.»

«*Kazo.*»

Stavano valutando la cosa, mi convinsi, in base alle loro espressioni tranquille.

«Abbiamo davvero bisogno di addestrare più esseri umani allo spionaggio» disse il mio capitano.

«Anche se questo non ci aiuterà adesso» sottolineò l'ufficiale di rotta.

«Posso aiutarvi» mi offrii prima di pensarci bene.

Entrambi si girarono a fissarmi; almeno, il capitano mi fissò. Presumevo che il suo ufficiale di rotta mi stesse scrutando per catturare più chiaramente la mia voce, perché anche lui era di fronte a me.

«Come potresti aiutare?» Sembrava incredulo.

«È ovvio.» Alzai le mani quanto più possibile per le manette.

Quando nessuno dei due sembrò capirlo, aggiunsi: «Sono umana. Vi serve un essere umano. Bam.»

«Che vuol dire *bam*?»

«Con *bam*, intendo che posso fare io la spia per voi. Entrerò in quell'edificio e prenderò ciò di cui avete bisogno. È una buona idea.»

Era un'idea davvero orribile. Se fossi stata catturata, cosa che probabilmente sarebbe successa, sarei tornata subito in possesso degli ocreziani e mi avrebbero punita lì sul pianeta, o mi avrebbero rispedita dal mio padrone per il processo, o entrambe le cose.

«Lasciatemelo fare. Vi dimostrerà che sono leale a te e a Zandia. Che non intendevo fare del male con quella, ah, iniezione.» Sussultai mentre lo dicevo, perché il pensiero che avrei potuto uccidere uno di questi esseri adesso mi faceva venire la nausea. Soprattutto il capitano. Grazie a Madre Terra, gli zandiani ne erano per lo più immuni!

«Non esiste» ribatté il capitano. «Non sei addestrata. Non sei testata. È troppo pericoloso.»

«Non ero addestrata su Romon-3» gli feci notare. «Eppure, sono riuscita a risalire a nuoto un fiume pericoloso, a uccidere una guardia ocreziana, a nascondermi e a intrufolarmi nella vostra navicella. Penso di aver dimostrato di essere abbastanza brava con le cose subdole.»

Mi sbeffeggiò. «Fortunata.»

«No.» Mi sporsi in avanti. «Disperata e determinata. Feroce.» Lo guardai negli occhi. «Non ti deluderò.»

E il coraggio crebbe nel mio corpo, proprio come quando ero su Romon-3, a correre per salvarmi la vita. In mezzo a tutto questo, non c'era tempo per la paura, solo per l'azione. Stavo entrando di nuovo in quella zona. «Dimmi cosa fare e lo farò per te senza errori.»

«Dovremmo considerarlo.» L'ufficiale di rotta si sporse verso di me. «Non sta mentendo sul fatto di voler aiutare.»

«Come puoi dirlo?» Il capitano, però, non sembrava essere in disaccordo. Mi sembrava quasi che mi avesse creduto dal momento in cui avevo aperto bocca.

«Sento il suo odore. Paura e adrenalina, ma non il picco che deriva dalle bugie umane.»

«Puzziamo quando mentiamo?» Ero offesa e affascinata.

«Tutti puzzano, continuamente.» Lo disse con voce brusca. «Alcuni esseri umani tendono ad assumere un certo ormone quando mentono ed è rilevabile, almeno per me. Ma questo non è l'argomento principale in questione.»

«Bene allora. Guarda questo.» Il capitano indicò l'ologramma, dove apparve una mappa a colori, che poi si trasformò in un'immagine 3D di una strada e di un edificio. «Supponendo che ti useremo, questo è il posto. Entreresti da qui.» Indicò una porta. «Dove ti identificherai. Poi dovresti scendere quaggiù.» L'immagine si trasformò nuovamente in una mappa, una planimetria, di un enorme magazzino. «In fondo a questo corridoio, in questa stanza, c'è l'archivio. C'è una schiava umana che lavora lì dentro, con un sorvegliante di Ocrezia nell'angolo. Dovresti richiedere i registri di tutti i discendenti della schiava con il codice a barre numero 3835978 e dire che sono per il tuo padrone. Una volta ottenuti i moduli di contenimento dati, li metterai nel tuo mantello e te ne andrai. Poi tornerai alla nave, nascosta qui nel bosco» indicò ancora, «senza farti scoprire, ovviamente.»

Mi scrutò il viso. «Ti sembra possibile?»

Il cuore mi accelerò nel petto. «Sì, mio Signore. Posso farlo.»

«Non ne sono sicuro.» La sua voce era dubbiosa.

«Hai detto tu stesso che usare le vostre maschere ocreziane ha solo il sessanta per cento di probabilità di funzionare. Il mio volto è umano al cento per cento» Sorrisi alla mia battuta, ma nessuno dei due zandiani fece un sorriso. «Uh, e sono brava a fare la schiava, perché lo sono.» Anche questa volta non sorrisero. «Quindi non sarà una recita. So come tenere la testa bassa, come comportarmi da sottomessa agli ocreziani.»

«Se rilevano qualche motivo di allarme, la missione fallirà.»

«Non fallirò» gli promisi.

I due si consultarono. «E se viene catturata?»

Passarono alla lingua zandiana e non riuscii a capire, ma la conversazione andò avanti per un po'.

Alla fine, il capitano venne da me. Si abbassò per guardarmi negli occhi. «È una cosa rischiosa. È possibile che tu non sopravviva.» Fece una pausa. «Vuoi ancora continuare?»

Annuii. «Sì, mio Signore.»

Sussultò. «Usa il *mio signore* solo quando ti rivolgi al nostro re zandiano.»

«Sì padrone.»

«Allora ecco il piano. Entrerai nell'edificio e richiederai i documenti. Preferiamo che tu porti i moduli a noi. Ma se non riesci a rimuoverli o sono compromessi, abbiamo bisogno che tu carichi i dati prima che ti prendano. Non appena li avrai, troverai un posto privato e inserirai i moduli in questo slot del comunicatore da polso che ti daremo, uno alla volta. Una volta che saranno stati caricati, distruggerai i moduli e il dispositivo da polso. Quindi ti dirigerai verso la navicella. Se venissi catturata, potremmo non essere in grado di recuperarti. Lo capisci?»

«Sì.» Era terrificante, ma dovevo farlo. Se non avessi dimostrato il mio valore, non sarei stata giudicata meglio di un traditore una volta a Zandia. Questa era la mia unica possibilità. Inoltre, era un modo per aiutare gli esseri umani... i bambini. Mi faceva male il cuore pensare ai piccoli umani ridotti in schiavitù. Valeva la pena almeno provarci.

«Allora andiamo.»

CAPITOLO OTTO

Taisha

«Schiava B-4389742, richiedo l'ingresso per ordine del mio padrone.» La B stava per riproduttrice, una posizione che avevo ringraziato la dolce Madre Terra infinite volte di non avere da quando ero diventata abbastanza grande per capire cosa significasse. Ero incredibilmente fortunata a non essere mai stata violentata dal mio padrone o da nessuna delle sue guardie.

La mia voce era calma e anche se mi trovavo di fronte al tozzo edificio grigio, il sole caldo di questo nuovo pianeta mi cuoceva la schiena, anche attraverso il mantello. Il numero che avevo snocciolato non era il codice a barre che avevo sulla nuca, era quello fornitomi dal Capitano Drayk. Pregai che non richiedessero una scansione effettiva del mio codice a barre. Pregai anche che la mia pelle scura non mi facesse risaltare troppo. Che non si chiedessero se mi avessero già vista in giro per poi rendersi conto che no, non mi avevano mai vista.

Ci fu una pausa, poi una guardia aprì una fessura nella porta. Mi tirai il cappuccio sulla fronte. Potevo essere umana, ma il colore della mia pelle non era comune qui e non desideravo attirare ulteriore attenzione.

«Scopo?» La sua voce, il tipico ringhio ocreziano, mi fece gelare la schiena e il respiro accelerò. Il sudore mi pizzicò la fronte.

«Non mi è consentito mettere in dubbio gli interessi del mio padrone, ma chiedo rispettosamente di soddisfare i suoi desideri. Ha bisogno dei documenti su una schiava, un'ex riproduttrice. È stata venduta alcune rotazioni solari fa.»

Abbassai gli occhi, da umana obbediente, e cercai di sembrare il più mite possibile.

«B-4389742?» Si sporse in avanti e si accigliò. Fece un movimento come per scrivere su un dispositivo, poi strinse le labbra con disgusto. «Il sistema è fuori rotazione su questo pianeta per il trasferimento. Il nome del padrone?»

«Padron Ock-Len.» Mi girò la testa. Questo nome mi era stato dato dagli zandiani che avevano intercettato vari messaggi. Ock-Len presumibilmente era un allevatore di schiavi su questo pianeta che gestiva oltre 500 schiave. Speravo che questa guardia non mettesse troppo in dubbio la mia provenienza.

«Ah sì. Ock-Len.» Curvò le labbra in un sorriso. «È bravissimo nel tenere in riga gli umani. Portagli i miei saluti.»

Non sapevo se dovevo rispondere; certo non volevo, perché mi si contorse lo stomaco. Fortunatamente, non ebbi bisogno di mettere insieme una risposta perché la guardia agitò la mano.

«Entra. Ricorda la tua posizione e non fare mosse ingiustificate.» La porta si aprì, rivelando un corridoio lungo e buio che mi ricordò una cripta. La mano grigia e crostosa dell'ocreziano si avvicinò allo shock stick che aveva in vita, appeso accanto a uno storditore.

Chinai la testa e strinsi la mascella per evitare di battere i denti. «Capito.»

Mentre entravo, diversi ocreziani uscirono a grandi passi, con le braccia piene di contenitori trasparenti che brillavano di dischi argentati. Madre Terra, cosa sarebbe successo se le informazioni di cui avevo bisogno fossero già state spostate?

«La nuova struttura... molto meglio...» Colsi frammenti delle loro parole, che mi ritornarono indietro insieme al loro odore mentre passavano frettolosamente, senza prestarmi attenzione.

«...più sicurezza... sorveglianza tramite telecamera a 360 gradi...»

Accelerai il passo, seguendo il percorso che avevo memorizzato, il cuore mi batteva così forte che pensai che avrebbe potuto cedere del tutto. Quando raggiunsi la stanza dei registri, esitai, poi aprii la porta.

Era più piccola di quanto mi fossi aspettata. Un'umana sedeva dietro a un bancone e una guardia stava nell'angolo, con l'aria annoiata. Stava facendo qualcosa con il comunicatore da polso e sbadigliava.

Mi avvicinai alla donna. «Schiava B-4389742, sono qui per conto di padron Ock-Len.» Mi schiarii la gola. «Richiedo i dischi BAY1 e BAY2.»

Mi squadrò dall'alto in basso e spalancò gli occhi. Impallidì. Sapeva che ero fuori posto qui.

Oh Madre Terra, avrei dovuto immaginare che non era possibile ingannare un essere umano!

Aprì e poi chiuse la bocca e sbatté le palpebre velocemente. Poi balbettò: «Ah, sì, certo. Subito. Un momento.»

La guardia si voltò, ci osservò per un secondo, poi tornò al comunicatore.

Lei andò dietro a un tramezzo e sparì per molto tempo. Giocherellai con le mani, poi mi fermai, perché se fossi stata una vera schiava qui in missione per conto del mio padrone, non sarei stata così nervosa. Resistetti all'impulso di coprirmi la faccia con il mantello. Finora, a quella guardia nell'angolo non sembrava importare minimamente che io fossi qui, e dovevo mantenere le cose così.

Quando finalmente ritornò, sospirai di sollievo. «Grazie.» Mi tremava la voce.

Mi fece un sorriso, un piccolo lampo, e notai dei cerchi scuri sotto i suoi occhi. Lividi sui polsi. Mi si spezzò il cuore di nuovo e pensai tra me: in una rotazione del pianeta, tornerò qui e salverò anche questa donna.

«Questi sono bambini.» La sua voce era ancora bassa. Lanciò un'occhiata al disco d'argento, poi di nuovo a me. «Umani.»

Annuii.

Mi sfiorò le dita con le sue mentre mi porgeva i sottili pacchetti argentati. «Che tu possa riuscirci» disse, con la voce così bassa che riuscii a malapena a sentirla. I suoi occhi perforano i miei. Triste, ma determinata.

Annuii. «Lo farò.»

La guardia guardò di nuovo. «C'è qualche problema?» La sua voce era roca e stridente.

«No, padrone» risposi. «Mi sto solo assicurando di avere le informazioni giuste richieste dal mio padrone.»

Strizzò gli occhi, poi si avvicinò. «È così?»

La donna fece un passo indietro, si strinse nel suo vestito, come se si potesse dissolvere nello scaffale.

«Andrò per la mia strada.» Le feci un cenno.

«Fammeli vedere.» La voce della guardia era ferma.

Deglutii a fatica. «Questi sono per il padron Ock-Len. Posso contattarlo per avere il permesso di condividerli?»

«Anche meglio. Ti accompagnerò da lui.» Mi sorrise, mi diede un colpetto sul cappuccio. «Forse gli chiederò di usarti. Non ho mai visto una schiava più adorabile.»

Il mio corpo gridava di scappare, ma aveva anche uno

shock stick e un'unità di comunicazione: una chiamata e avrebbe potuto richiamare tutte le guardie su di me.

Quindi mi limitai a scuotere la testa in segno di acquiescenza.

«Sono sicuro che tu sappia dov'è il tuo padrone in questo momento.» La guardia mi osservò. Non riuscivo a capire se fosse sospettoso nei miei confronti, se volesse spassarsela o entrambe le cose.

«Lui è...» pensai freneticamente. «Sta... sta esaminando un terreno nella zona boscosa vicino al confine della città.»

«Perché dovrebbe essere lì?» La guardia si fermò e mi fissò. «Quella è un'area disabitata.»

Mi inventai la prima cosa che potevo. «Lui, ah, il mio padrone è astuto. Sta pensando di costruire lì un nuovo sistema di addestramento e stoccaggio degli schiavi per sfruttare lo spazio. Sta valutando l'idoneità del terreno.» Abbassai di nuovo lo sguardo, come se non avessi dovuto dirlo, ma fossi stata costretta, perché questo ocreziano mi stava addosso. «Non dovrei parlarne, ma sono sicura che il padrone si fiderebbe di te.»

La guardia grugnì. «Un nuovo complesso, eh?» Gli brillarono gli occhi. «Vorrà investitori che sappiano mantenere il segreto, ne sono certo, così il prezzo della terra non salirà in una guerra di offerte.»

Inclinai la testa.

Non sapevo cosa stessi facendo, Madre Terra. Speravo solo che, se fossi riuscita a ricondurre questo brutto ocreziano sulla navicella dove gli zandiani stavano aspettando, ammantati, avrebbero visto e capito cosa stavo facendo. Lo avrebbero ucciso prima che potesse dare l'allarme.

Ma avrei dovuto giocarmela bene.

«Il mio padrone dice che questo è un progetto che deve rimanere segreto» dissi.

«Allora forse dovremmo vederlo immediatamente.» La

guardia mi afferrò il braccio e affondò le dita, le unghie affilate quasi mi perforarono la pelle.

Trattenni un piagnucolio. «Farò come mi chiedi.»

Grugnì di nuovo. «Vieni con me.» Mi passò l'altra mano sul seno, un gesto volgare e sfacciato, poi rise. «Sono sicuro che il tuo padrone è un ocreziano ragionevole. Sarà disposto a barattare qualcosa di valore con il mio silenzio su questo argomento.»

Avevo le vertigini e freddo mentre camminavamo per le strade. Nessun essere sembrò fare caso a noi: erano per lo più ocreziani in movimento e schiave che andavano qua e là, a testa bassa, camminando a passo sereno.

Quando ci avvicinammo al limitare degli alberi, l'attività si affievolì, presto saremmo stati gli unici esseri in giro. Si poteva pensare che i boschi fossero un bel posto, ma gli alberi marcivano in periferia, avvelenati dalle sostanze chimiche che fuoriuscivano dalle fabbriche ocreziane che circondavano la città. Più in profondità nella foresta, dove la vegetazione era più sana, c'era una radura dove mi attendeva la nostra nave zandiana, occultata.

L'ocreziano annusò l'aria. «Non è un posto piacevole per costruire una caserma per gli schiavi.» Esaminò la zona. «Dov'è il suo seguito? Il suo velivolo?» La sua voce cambiò. «Rispondi.»

Mi strinse il braccio.

Mi potevano vedere? Sicuramente stavano guardando sul loro sistema, no? Forse l'ufficiale di rotta cieco poteva trovarmi, da piccolo granello di umanità che ero in questo vasto mare di merda?

«Ha detto che sarebbe tornato qui, dove è chiaro.» Ingoiai la bile.

La guardia sfoderò lo shock stick. «Fammi vedere.»

Non sapevo cosa stesse pensando, ma annuii. «Sì, naturalmente.»

Mi feci strada tra l'erba alta che aveva bordi affilati come rasoi, come su Romon-3, ed ebbi un conato di vomito mentre passavamo davanti a un ceppo di albero marcio che conteneva una fetida pozza di liquido verde in una fossa nera.

«Ci stiamo avvicinando.» Alzai la voce. «Sarò felice di farti incontrare il mio padrone e discutere di uno scambio con lui.»

Aspettai con anticipazione. Da un momento all'altro i miei zandiani sarebbero saltati fuori e avrebbero sopraffatto questo ocreziano. Mi avrebbero salvata.

Ma non successe nulla. «È proprio più avanti» promisi. «Lo vedremo presto.»

La guardia ringhiò e mi colpì alla schiena con il suo shock stick. Urlai quando una scarica elettrica mi entrò nella spina dorsale, paralizzandomi con un'ondata di dolore così intensa che non riuscii più a vedere. Mi chinai, con i conati di vomito, ansimante, mentre scintille di colore scoppiettavano dietro le mie palpebre.

«Sono stanco dei tuoi vacillamenti.» Mi colpì con il bastone sulla tempia, questa volta senza energia, ma il nuovo dolore mi fece gridare. «Ci stai mettendo troppo tempo. Dove si trova?»

Era quasi come un cucciolo di animale che piagnucolava per sua madre.

«Io-io...» sussultai, incapace di pronunciare le parole. Sapeva che stavo mentendo.

Mentre ero stesa a terra, frugai alla cieca alla ricerca dei dischi. Mi avrebbe violentata e poi uccisa, o mi avrebbe riportata in schiavitù, e dovevo caricare questi dati prima che accadesse. Almeno potevo salvare dei bambini. «Leylah, perdonami» sussurrai.

Mi piegai e riuscii a coprirmi il corpo con il mantello. Cercai freneticamente di inserire il primo disco nello slot del mio comunicatore. Avevo fatto pratica sulla navicella e non era difficile. Passarono solo pochi istanti prima di sentire il "bip" che segnalava il completamento del caricamento.

Ma avevo ancora un altro disco da caricare.

«Alzati in piedi.» La guardia mi tirò su per il collo del mantello. «Pensi che gli esseri umani possano andarsene in giro, pigramente, ogni volta che vogliono?»

Arricciò il labbro in un ringhio feroce e gli si formò della schiuma agli angoli della bocca. «Oppure sei una sgualdrina che spera di invogliarmi a darti una bella ricompensa, come una moneta o un frutto?»

Soffocai il singhiozzo di paura, allontanandomi da lui, riuscendo ancora a tenere le mani e i dischi nascosti sotto il mantello.

Mossa sbagliata.

Mi diede di nuovo un colpo sulla tempia con il bastone e, anche senza elettricità, fu un colpo così forte che per un attimo mi si oscurò la mente. Caddi indietro, pesantemente, e atterrai sul polso, quello che teneva le comunicazioni.

Ci fu uno schiocco sordo e poi un dolore che si irradiò lungo il braccio, che ora non riuscivo a muovere del tutto.

Ma perseverai. «Per favore, mi dispiace.» Sussultai le parole, piccoli suoni soffocati. «Chiedo la tua clemenza.» Mentre mi trovavo di nuovo laggiù, inserii il secondo disco nella fessura, sussultando mentre muovevo le ossa rotte l'una contro l'altra, cercando di non svenire. Con il mantello addosso riuscivo a malapena a respirare, ma mi diede il momento di privacy di cui avevo bisogno.

Quando arrivò il segnale acustico, sentii un'esplosione di energia.

«Se hai intenzione di restare laggiù, sembra che dovrò venire a provarti.»

L'ocreziano mi diede un calcio nelle costole, poi lo sentii iniziare ad armeggiare con la fibbia dei pantaloni. «Vedremo se sarai più obbediente una volta che sarai stata usata come meritano le schiave umane.»

Premetti il pulsante di caricamento.

La guardia si fermò.

«Aspetta. Cos'era quel suono? Cosa fai?» Smise di armeggiare con la fibbia e si chinò. «Dammi i dischi.» Alzò la voce. «Indossi un comunicatore?» Fu completamente sorpreso da questa possibilità. «Gli schiavi umani non ricevono mai comunicazioni. Dove...» Aggrottò la fronte.

Avrei dovuto scavare una buca e premere il pulsante di autodistruzione su questo sistema di comunicazione appositamente progettato, avviando una piccola esplosione che avrebbe poi bruciato gli oggetti in un fuoco contenuto ma caldo, lasciando dietro di sé solo cenere.

Ma l'ocreziano mi afferrò, con l'urgenza nelle sue mani, tirandomi per i vestiti.

Se mi avesse visto fare questa cosa, sicuramente avrebbe chiamato rinforzi dal suo comunicatore e avrebbe detto loro che ero una spia. Avrebbero trovato i dischi, decodificato la comunicazione e dato la caccia a Zandia.

Dovevo liberarmene immediatamente.

Attivai il pulsante di distruzione sotto il mantello, sperando che placasse il fuoco impedendomi di bruciarmi troppo gravemente.

Si sentì un piccolo schiocco, poi una luce intensa e un dolore lancinante alle mie mani. Poi tutto divenne nero.

Ma proprio un attimo prima di svenire, mi parve di sentire la voce del mio zandiano.

* * *

*D*RAYK

. . .

LA MIA FEMMINA. La mia piccola umana.

Era quasi morta. Non riuscivo a sopportare l'immagine della figura accartocciata di Taisha a terra, mentre l'odioso ocreziano la picchiava. Anche se la navicella si stava allontanando in tutta sicurezza, il mio corpo era ancora in modalità guerriero. Avevo la nausea. Pronto a combattere.

Avrei voluto strappare gli arti a quell'ocreziano, ma non avevo potuto.

«Salto nell'iper completato» riferì Tarak.

«Ricevuto.» Feci un passo indietro e mi girai. «Aggiornamento su Taisha. Come sta?» La mia voce suonò tesa.

«Stabile ma ancora incosciente.» Il mio tecnico medico se ne stava di fronte a me nell'area delle comunicazioni, da cui Tarak e io avevamo appena completato la nostra uscita furtiva dallo spazio aereo del pianeta.

«Ma è viva?» Feci un passo avanti. «Parla, sbrigati.»

Alzò una mano. «Sì, capitano. È viva. Ha bruciature sulle mani e sugli avambracci e un polso rotto. Le abbiamo fatto l'impacco curativo e le abbiamo steccato il braccio. Sta migliorando mentre parliamo, ma avrà ancora bisogno di cure mediche quando arriveremo a Zandia.»

«*Kazo!*»

«Ma abbiamo i dati!» La voce del mio ufficiale di rotta era giubilante. «E ha distrutto le prove e abbiamo lasciato lo spazio aereo senza essere notati.»

«Tranne per l'ocreziano che abbiamo lasciato morto sul pianeta.»

«Cosa accadrà quando si renderanno conto che è scomparso?»

Mi passai una mano sul viso. «Dato che abbiamo usato la tossina del nostro essere umano su di lui, si spera che i suoi colleghi presumano che si tratti di un attacco di cuore. Perché era nel bosco, con quale scusa? Questo sì, se lo chiederanno. Ma non abbiamo lasciato prove della nostra presenza.»

«Alla fine, è stata una missione pulita. È andata meglio del previsto. C'è stata solo una vittima, con una scusa valida, e niente porterà a pensare a noi. Niente di niente.»

«Tranne per il fatto che Taisha era sul pianeta» feci notare. «Ed è stata vista dagli esseri. Se qualcuno la denunciasse come fuori posto, potrebbero iniziare a sospettare qualcosa.»

«È un rischio che dovevamo correre. Era un rischio inferiore rispetto alla possibilità che andassimo noi personalmente. E almeno ora abbiamo le informazioni di cui ha bisogno il dottor Daneth. Potrà riportare indietro le bambine.»

Annuii. «Non è un successo assoluto, ma sono cautamente ottimista.»

«È stata coraggiosa.» Tarak guardò verso il compartimento iso, dove era ancora confinata la nostra umana, anche se questa volta con maggiori cure mediche.

«Sì.» Annuii. «Infatti. Ci deve essere voluto un grande coraggio per andare lì, conoscendo i rischi.»

«Pensavo che lo avresti fatto a pezzi, l'ocreziano.»

«Se lo meritava» ringhiai, stringendo i pugni. Mi costrinsi a rilassarmi. «Ma era importante non lasciargli alcun segno. Uccidendolo con la siringa, mostrerà i sintomi di un infarto. Qualsiasi danno sul corpo sarebbe stato sospetto per chi lo avesse trovato.»

«Inoltre, lo hai steso con le mani sul petto» sottolineò Tarak «Questo è il classico modo in cui gli ocreziani di solito soffrono di dolore al petto prima di avere un infarto.»

«Anche volendo, non troveranno nulla di sospetto sulla sua morte.»

Ora ero concentrato su Taisha. «Vado a controllare la nostra umana.»

Il nostro tecnico medico a bordo, Kurtt, o, per l'esattezza, lo zandiano con la maggiore conoscenza medica, aveva curato e bendato le ferite di Taisha. Vedere le sue mani e le sue braccia avvolte in una garza bianca mi trasmise una sensazione sconosciuta, costringendomi a stringere il petto mentre il sangue ribolliva. Avrei voluto tornare su quel pianeta e incenerire tutti gli ocreziani.

Poi mi ricordai che si era messa in questa posizione solo a causa mia e della nostra missione, e mi maledissi.

Mi sedetti accanto a lei sulla piattaforma del sonno dove giaceva, con gli occhi chiusi. Le lunghe ciglia le sfioravano le guance. Respirava in modo uniforme e l'impacco attaccato al suo braccio lampeggiava di rosso e di verde.

«Questo significa che sta guarendo?» Indicai il display.

«Sì.» Kurtt si avvicinò. «L'osso si è già saldato. La pelle umana è fragile e si brucia facilmente, ma gli unguenti e le medicine stanno accelerando la nuova ricrescita utilizzando una formula botanica che alcuni umani hanno creato sotto la supervisione del dottor Daneth. Ma ci vorrà del tempo, probabilmente alcune rotazioni del pianeta, prima che guarisca completamente.»

Le scostai uno dei riccioli scuri dagli occhi. «Sente dolore?»

«Le ho somministrato farmaci che bloccano il dolore negli esseri umani, quindi presumo di no.»

In quel momento, Taisha aprì gli occhi. Mi guardò, senza capire, i suoi lineamenti carichi di panico e paura.

Ricordando cosa era successo l'ultima volta che si era svegliata di soprassalto, le afferrai delicatamente entrambe le braccia, da sopra le bende.

Lei sussultò e mi fece resistenza.

«Sono solo io» dissi velocemente. «Sono Drayk. Non ti farò del male. Non colpirmi; peggiorerai le tue ferite.»

Mise a fuoco la vista e mi riconobbe. Tutto il suo corpo si

accasciò di nuovo. «Oh, Madre Terra. Sono al sicuro? Dove sono?»

Ebbe un calo di energia e faticò a sedersi, quindi la aiutai, lasciandole andare le braccia per sostenerle le spalle.

«Sei sulla mia navicella. Ci sei riuscita. Abbiamo i dati e stiamo tornando a Zandia.»

«Ma l'ocreziano.» Si guardò attorno con attenzione, i muscoli tesi, come se avesse bisogno di scappare. «Stava per... era...» Rabbrividì.

«Hai distrutto i dischi e le comunicazioni prima che potesse dare un allarme o avvisare altri esseri, e lo abbiamo ucciso prima che...» aggrottai la fronte, incapace di finire.

Sapevo cosa le avrebbe fatto quella bestia di ocreziano e il solo pensiero mi uccideva.

Si portò una mano sul petto, sulle gambe. «Non mi ha violentata.» Sembrava quasi sorpresa.

Violentata? *Kazo.* Se l'avesse fatto, gli avrei strappato via il cazzo a mani nude.

«Speravo che venissi.»

«Sarei dovuto venire prima.» La mia voce era aspra e trovavo difficile perdonarmi per averla lasciata lì fuori troppo a lungo. «Non appena ti abbiamo vista avvicinarti con lui, ho capito che avremmo dovuto ucciderlo. Sono uscito subito, ma era quasi troppo tardi.»

«Mi hai salvata.» Alzò lo sguardo, spalancando gli occhi castano scuro. «Grazie.»

Distolsi lo sguardo. «Grazie *a te,* è più appropriato. Ti sei esposta a un rischio considerevole e hai ottenuto ciò di cui avevamo bisogno. E la tossina che hai portato a bordo della navicella? L'abbiamo usata per neutralizzare l'ocreziano.»

«Bene.» La sua voce era feroce. «Se tutto va bene, penseranno che si sia trattato di un attacco di cuore casuale, proprio come su Romon-3.»

«Gioca a nostro favore il fatto che sia la causa numero

uno di morte per gli ocreziani, a parte la battaglia.» Sbuffai. «Stai bene?»

Le presi le braccia, ma con delicatezza, circondandole i polsi stretti con le mani, sfiorandola appena. «Fa male?»

Scosse la testa. «No.»

Poi si appoggiò a me e posò la testa sulla mia spalla. «Il dolore è scomparso del tutto. Sono tanto, tanto stanca. Non so nemmeno cosa sta succedendo. La mia vita è come...» fece una pausa. «Accelerata. Come se avessi vissuto dieci cicli solari in una rotazione planetaria. È tutto troppo veloce e così pieno di assurde stranezze che non riesco a tenere il passo. È un sogno.»

La stavo ascoltando, ma il mio corpo era stranamente in fiamme. Averla così vicina ancora una volta mi risvegliò in una passione che non sapevo esistesse. Tutto quello a cui riuscivo a pensare era spogliarla e farla gridare. Assaggiarne la figa morbida. Guidare il cazzo nel profondo...

Il cazzo reagì, indurendosi e io aggiustai la mia posizione in modo che lei non se ne accorgesse. *Kazo,* non avevo mai avuto questo tipo di reazione verso una donna prima.

Avrei dovuto lasciare l'area ed evitare la tentazione. Ma invece la tenni più stretta. «Sei al sicuro adesso. Nessun ocreziano può raggiungerti sulla mia navicella.»

Annuì, ma la sua voce era bassa. «Sono già qui, però. Qui dentro.» Indicò la sua testa. «So che non è la stessa cosa, ma...» Si interruppe. «Sono grata di essere qui. E felice di essere stata d'aiuto. Quindi riuscirete a trovare le bambine?»

«Non ne abbiamo idea. I dischi ci dicono solo la loro ultima posizione.»

«Spero che tu possa salvarle. Le salverai, vero?» mi guardò di nuovo, e questa volta il suo viso era più caldo, gli occhi luminosi.

Annuii. «Questa è l'intenzione.»

Lei annuì. «Bene. Leylah aveva ragione riguardo alla tua specie.»

Non sapevo come rispondere, soprattutto considerato che il cazzo mi era diventato solido come una roccia, perché le sue labbra sembravano così morbide e sensuali, e le immaginavo avvolte attorno alla mia lunghezza. E lei in ginocchio.

La guardai di nuovo negli occhi: era tornata, quella connessione di prima, come un legame d'acciaio che ci teneva insieme.

Le nostre labbra si toccarono, poi mi tirai indietro. «Non posso.» Lo dissi con tono più duro di quanto non volessi.

«Per favore.» La sua voce mi uccise. «Mi aiuterebbe a sentirmi meglio.»

«Non posso approfittarne.»

«Se ricordi bene, sono io quella che ha avuto il vantaggio la volta precedente. Vorrei ricambiare il favore.» Lo disse con tono scherzoso, e poi - *per l'unica vera stella!* - fece quello che avevo pensato. Si mise lentamente in ginocchio. «Non mi fanno nemmeno male le mani, ma forse puoi aiutarmi con questa?» Diede un colpetto alla mia cintura.

Allargai le ginocchia senza rendermene conto e lei si avvicinò.

In trance, spostai le mani sui pantaloni, sganciai la fibbia e li aprii. Il cazzo sporse, duro e forte, pulsante di bisogno.

«Dimmi se ti piace questo» mormorò, poi abbassò la testa e mi abbracciò con quelle labbra.

Gemetti di puro piacere e gettai indietro la testa, con gli occhi chiusi. «*Kazo*, Taisha, no.»

Ma non feci alcun movimento per fermarla. Infatti, le mie dita trovarono i suoi capelli, quegli splendidi riccioli neri selvaggi, e li avvolsero. Tirai e lei mormorò il suo assenso come se le piacesse, quindi lo feci di nuovo.

«Sei ferita, non posso...» riuscii a dire, prima che lei mi

leccasse in un modo da far fuggire ogni parola. «*Kazo*, sì, così. Proprio così.»

Mi arresi al piacere. Non aveva esperienza in questo, ma era entusiasta, e io la guidavo tirandole i capelli, spingendole la testa verso il basso e poi lasciandola rialzare.

In poco tempo, lo ebbi così duro che quasi faceva male, e il desiderio di spogliarla, sculacciarla e poi scoparla era irresistibile. Venire nella sua bocca sarebbe stata la cosa migliore, ma la avvertii: «Taisha, se non la smetti adesso, verrò.»

Lei succhiò più forte e poi fece scorrere la lingua sulla punta del cazzo prima di riportarselo in bocca e io mi lasciai andare. Gridai, un suono aspro e gutturale e strinsi nei pugni manciate dei suoi riccioli, tutto il mio corpo si irrigidì mentre esplodevo in un piacere così grande da mandare la mia mente in una spirale fino alle stelle. La sua piccola bocca era calda e la gola stretta, e ingoiò quello che le diedi, ancora e ancora, finché il mio seme color arcobaleno non si riversò dalla bocca sul suo viso.

Quando fui esausto, mi sdraiai. La afferrai e la sistemai accanto a me, facendo attenzione alle bende, e ringhiai mentre chiudevo gli occhi e la stringevo. Era calda e profumava del mio sesso e della sua stessa eccitazione. Se fosse stata mia, l'avrei sculacciata per aver preso il comando (anche se mi era piaciuto) e l'avrei stuzzicata senza pietà finché non mi fosse venuto di nuovo duro, e poi l'avrei lasciata venire. Ancora e ancora.

Le presi il tubo del fluido, nel caso ne avesse bisogno, ma si era asciugata il viso e si fissava le mani incredula. «È... arcobaleno!» Girò i polsi avanti e indietro e il mio sperma brillò alla luce. «Non ho mai... è fatto così, per tutti i maschi?» Mi guardò. Sorrise.

Non riuscii a fare a meno di sorridere. «Solo gli zandiani.»

«Non l'ho mai fatto prima.»

Presi un panno e le asciugai il viso. Poi le toccai le labbra. «E grazie. Per essere la prima volta è stato incredibile.» Mi corressi. «In ogni caso, è stato incredibile. Io, ah…»

Ma ci stavamo già avvicinando allo spazio aereo zandiano, perché le comunicazioni risuonarono. «Capitano? Siamo in avvicinamento.»

Premetti il pulsante. «Affermativo. Arrivo tra un attimo.»

Restai in piedi, sistemandomi i pantaloni e aggiustandomi i vestiti. «Un membro dell'equipaggio entrerà e ti assicurerà per l'atterraggio. Per favore, datti una sistemata.» Agitai una mano verso i suoi riccioli arruffati, lo sperma sulla sua pelle. «Una volta atterrati, verrai portata in infermeria per le cure.»

«E poi devo fare una cosa.» Alzò le manette. «Ho bisogno di parlare con l'umana, Lamira, il più presto possibile.»

Feci un passo indietro, sbalordito. Questa cosa era del tutto inaspettata. Sentire questo nome sulle sue labbra fu come un colpo in battaglia. «Chi?» chiesi con tono freddo.

Lei impallidì. Si tirò su. «Lamira. Devo vederla immediatamente. È importante.»

«Prima di tutto, cosa ti fa pensare che su Zandia ci sia un'umana di nome Lamira? E che affari potresti avere con lei?» Dei brividi mi attraversarono la schiena.

Kazo. Conosceva il nome della compagna di re Zander e attuale regina di Zandia. Come poteva avere queste informazioni?

Crebbero nuove preoccupazioni. Era ancora possibile che lei fosse una spia o un'infiltrata, anche contro la sua volontà iniziale, impegnata in qualcosa di vile per evitare conseguenze per i suoi amici umani su Romon-3?

La guardai socchiudendo gli occhi. Tipico di un essere umano, manipolare con il sesso e le emozioni e poi chiedere l'impossibile.

«Lo so e basta. E devo parlarle da sola.»

Mi lanciò uno sguardo implorante, ma adesso ero impassibile. E arrabbiato.

«Hai esagerato» sbottai. «Prima andrai in infermeria e in isolamento, poi presenterai domanda di asilo. Non puoi fare richieste su cosa fare o chi vedere.»

Raddrizzò le spalle. «Capisco» disse lei rigidamente.

Sì. Ero un bastardo. Il modo in cui la stavo trattando dopo quello che avevamo fatto era schifoso. A meno che non fosse una spia. Un pericolo per il mio pianeta.

Dovevo mettere Zandia al primo posto, prima dei suoi sentimenti... e prima dei miei.

Sì, questa umana aveva appena completato da sola una missione pericolosa su un pianeta nemico, rimanendo ferita, ma avrebbe comunque potuto essere pericolosa.

E quindi cosa facevo io? Abbassavo la guardia, le permettevo di darmi piacere orale. Perdendo completamente il controllo della situazione.

Quanti errori avrei fatto con lei nei paraggi?

Avevo bisogno di prendere le distanze da questa femmina. Subito.

CAPITOLO NOVE

rayk

«Hai visto come la guardavano tutti?» Tarak esaminò un kit medico con le mani, più velocemente di quanto io potessi fare con i miei occhi, quindi lo fece scivolare nel ponte di contenimento nell'infermeria della nostra navicella. Stavamo rifornendoci nei tempi morti, preparandoci per le future missioni.

«Cosa intendi?» Riposi un po' di attrezzatura nell'armadietto delle provviste e chiusi la serratura.

Lui rise. «Taisha. Quando è scesa dal velivolo, anche se fasciata e sotto stress, penso che ogni maschio zandiano che l'ha vista si sia innamorato. Schioccò le dita. «Posso non essere in grado di vedere i lineamenti o le espressioni facciali, ma posso sentire. Li ho sentiti girarsi tutti nella sua direzione. Inoltre, la mia trans audiovisiva mi ha mostrato come si siano raddrizzati tutti diventando più alti del normale.»

«È ridicolo» ringhiai. «Erano semplicemente curiosi riguardo al nuovo essere umano.»

«Giustamente. A un essere umano come lei, sono sicuro

che re Zander non permetterà meno di tre compagni. Due come minimo.»

Aggrottai la fronte. «Il re ha dato il permesso a diversi compagni solitari di recente.» Sicuramente non la volevo come compagna. Ma se per qualche motivo l'avessi voluta, non sarebbe esistita la possibilità di condividerla.

Alzò le spalle. «Ho sentito diversi guerrieri parlare di come vogliono unirsi e presentare una petizione per lei, quando riceverà asilo.»

«*Se*. Se lo riceverà. E non è una loro decisione questa, vero?» Incrociai le braccia. «È di Zander.»

«Se?» Scosse la testa. «Ha fatto un enorme favore a Zandia. Come mai è ancora in questione?»

Strinsi gli occhi. «Potrebbe comunque essere una spia.»

«Veramente?» Mi lanciò un'occhiata. «È questo che dirai al re? È assurdo.»

Alzai le mani. «Se voglio diventare giudice, devo essere imparziale. Guardare le cose con attenzione, da tutte le prospettive. Sì, ha fatto una grande cosa, ma era messa all'angolo e lo sapeva. Anche una buona spia sarebbe stata sicuramente d'aiuto, anche solo per guadagnare il nostro favore.» Non era falso. E poiché chiaramente non la volevo per me, era ovvio che lo facessi solo per il bene di Zandia. «È possibile che abbia ancora alcune informazioni segrete che non ha ancora rivelato. Devo accertarmi che ci abbia detto tutto quello che poteva. Se tiene dei segreti, non è pronta per l'asilo.»

«Beh, è il tuo lavoro, non il mio.» Afferrò un altro pacco e lo portò nell'area. «Ti sto solo dicendo quello che ho sentito. Fa già parlare di sé nella squadra di addestramento. I giovani zandiani sono ansiosi di incontrarla.»

«Bene, devo fare rapporto al Maestro Seke e a re Zander.» Mi guardai intorno nella piattaforma. «Sembra che sia tutto in ordine. Finisci tu qui.»

«Sì, capitano.»

Mi allontanai e non feci più di un centinaio di metri prima di essere raggiunto da un altro combattente, Bryann.

«Drayk.» Mi diede una pacca sulla spalla. «Quindi hai portato qui un'umana.»

«Giusto. Taisha.» Aumentai il ritmo. «Devo andare dal re.»

«Non ti tratterrò. Sono solo curioso di sapere se è già stata selezionata come compagna o meno. I miei due amici e io vorremmo presentare una petizione per lei se è disponibile.»

«Non è disponibile» ringhiai. «Al momento non ha nemmeno ricevuto asilo.»

«Ah, capisco, ma avevo sentito che lei...»

«Le voci sono, nella migliore delle ipotesi, inaffidabili» gli feci notare. «Scusami.» Alzai la mano, chinai la testa e poi andai avanti.

Kazo. Come mai tutti si erano già innamorati di lei?

Era inaccettabile. Non capivano che avrebbe potuto ancora rappresentare una minaccia per Zandia?

Avrei dovuto porre fine a tutto questo.

* * *

Taisha

Mi sudavano le mani mentre me ne stavo seduta in una sala d'attesa nella capitale di Zandia, sotto stretta sorveglianza. Dovevo essere ricevuta da re Zander, che avrebbe determinato il mio destino.

Il guerriero che mi proteggeva, uno zandiano che sembrava un po' più giovane di Drayk, mi aveva detto di non preoccuparmi, che re Zander era un essere giusto e gentile.

Dovevo credergli.

Se avesse avuto torto, Leylah mi avrebbe mandato qui senza motivo. Non potevo credere che avesse commesso un errore del genere.

Mentre stavo seduta, la mia mente continuava a tornare a Drayk, il potente capitano. Dov'era andato? Lo avrei rivisto?

Ero arrabbiata per la sua sfiducia, ma ora, seduta qui da sola, avrei voluto che fosse stato lui il guerriero a proteggermi. Avrei voluto lui ad accompagnarmi alla mia visita dal re. Dovevo credere che avrebbe difeso la mia libertà dopo il modo in cui l'avevo aiutato nella sua missione.

Dopo il modo in cui mi aveva toccata.

Ma forse mi sbagliavo. Forse era normale che gli zandiani dessero piacere sessuale ai loro prigionieri e poi scomparissero.

Stelle.

Mi presi la testa tra le mani.

Ero così agitata che non distinguevo la testa dai piedi.

ander

Capovolsi mia figlia Kaylar a testa in giù e le feci il solletico mentre strillava e urlava di gioia. Anche suo fratello Zander si precipitò per aggiungere un po' di solletico, mentre tutto il personale del palazzo guardava sorridendo.

La tirai su e la lanciai in aria.

Troppo in alto per la tranquillità di Lamira. Trattenne il respiro accanto a me e mi afferrò il braccio.

Afferrai la bambina e me la lanciai sulle spalle, sorridendo alla mia compagna. «Pensavi che l'avrei lasciata cadere?»

«Solo perché *puoi* lanciarla attraverso i lucernari non significa che dovresti» si lamentò. Stava sorridendo, però.

«Potrei lanciare anche te così in alto. Ti piacerebbe provare?» La afferrai per la vita e la sollevai da terra.

Urlò e io la misi giù, ridendo.

Una delle mie guardie si schiarì la voce. «Mio signore, il capitano Drayk richiede udienza.»

Lamira raggiunse Kaylar, dondolando il nostro piccolo cherubino sul fianco con aggraziata facilità. Kaylar sorrise, allungandosi verso di me, i suoi grandi occhi marrone-viola luminosi. Aveva i riccioli ramati di sua madre, ma sembravano di un rosso più intenso contro la pelle color lavanda. «Ancora!»

«Bambina mi dispiace. Tuo padre ha del lavoro da fare» cinguettò Lamira.

Presi la mano della mia compagna mentre lei si voltava. La riportai contro di me. «Dormi quando Kaylar dorme» le consigliai.

Curvò le labbra in un sorriso birichino. «Non credo che lo farò» sussurrò. «Mi sento un po' disobbediente.»

Il mio cazzo si ingrossò e dovetti muovere la tunica per nascondere il rigonfiamento. «Allora stasera andrai a letto con un bel culo rosso, piccola schiava.» Le tirai il collare tempestato di gioielli.

Lei fece l'occhiolino mentre si voltava. «Ci conto.» Osservai lei e i nostri piccoli lasciare la Sala Grande, per poi sedermi sulla pedana per ascoltare il rapporto del mio guerriero. Avevo già sentito il resoconto della loro missione dal mio maestro d'armi, Seke, ma potevo immaginare il motivo per cui Drayk era qui adesso.

Drayk entrò, con le spalle larghe e tese.

Sì. Ne ero sicuro adesso. Avrei riconosciuto l'effetto di una femmina umana su uno dei miei guerrieri ovunque.

Si trasformavano da macchine da guerra calme, solide e prive di emozioni in esseri violenti, protettivi e spesso agitati. E la confusione che accompagnava questo cambiamento poteva essere impegnativa.

«Mio Signore.» Drayk si inchinò profondamente.

Inclinai la testa. «Congratulazioni per le tue missioni. Ho saputo che hai avuto successo con entrambe.»

La sua pelle divenne di un viola di una tonalità più scura. «Grazie, mio signore.» Si schiarì la voce.

Aspettai.

Lo lasciai armeggiare con le parole.

«Tu, ah, hai sentito parlare della femmina umana?»

Annuii, lentamente. «Sì.»

La femmina dalla visione di Lamira. Quella che avrebbe dato inizio ai problemi diplomatici con gli ocreziani.

«Sono, ah, qui per discutere del suo futuro qui.»

Mantenni un'espressione impassibile. «Sì?»

Si spostò da un piede all'altro. «Hai bisogno di qualche informazione da parte mia, mio signore, per prendere una decisione sulla concessione dell'asilo?»

«Sì, capitano. Qual è la tua opinione?»

Alzò il petto. «Ha rischiato la vita su Fonquin per collaborare alla nostra missione. Ma mi ha anche attaccato quando l'abbiamo trovata, e porta con sé un veleno letale per gli ocreziani.»

«L'ho sentito dire.» La sua valutazione era inaspettata. Pensavo fosse qui per difenderla. Sembrava che avesse delle riserve sulla sua affidabilità.

«Credo che dovrebbe essere affidata alla mia custodia per ulteriori osservazioni, mio signore. Prima che venga presa una decisione.»

Ah.

Mi sforzai parecchio per nascondere un sorriso.

Ora capivo il suo punto di vista. Avrebbe semplicemente dovuto chiedermi di accoppiarsi con lei se era quello che voleva. Supponevo che questo significasse che non era sicuro di ciò che voleva.

«Ti assumeresti la piena responsabilità per lei?»

Si inchinò. «Lo farei, mio signore.»

«La legheresti a te come suo tutore. Le fornirai la disciplina necessaria?» Osservai le sue pupille dilatarsi al suggerimento della disciplina. Era certamente stregato da quella femmina.

Deglutì con apparente sforzo. «Lo farò, mio signore.»

«E, naturalmente, sarai onesto e giusto con lei? Riconosci che le femmine umane sono creature sensibili che richiedono una mano gentile ma ferma e un sostegno emotivo che potrebbe esserti estraneo?»

Il suo collo arrossì. «Sì, mio Signore.»

«Allora prenderò in considerazione la tua richiesta. Dopo che avrò incontrato la femmina.»

La preoccupazione aleggiò sul volto di Drayk prima che potesse nasconderla. Si inchinò. «Naturalmente, mio signore. Grazie, mio signore.»

«Per favore, portala dentro» mormorai e lui inclinò la testa e se ne andò.

Non appena fu fuori, ridacchiai tra me e me per il cambiamento avvenuto in lui.

Solo perché era tutto troppo dolorosamente familiare.

* * *

TAISHA

«TAISHA, PUOI AVVICINARTI.»

Annuii e feci un passo avanti, mentre il sudore mi imperlava la fronte. Lo toccai di nascosto con il braccio sinistro, asciugando l'umidità sulla benda. «Grazie.»

Il re aveva gli occhi più saggi e perspicaci che avessi mai visto, insieme a Leylah, e non riuscivo a guardarlo a lungo senza sentirmi del tutto impotente. Era circondato da un piccolo gruppo di zandiani, che portavano alla vita dei pericolosi pugnali che brillavano nella scarsa luce.

«Sei sfuggita a Romon-3 senza essere scoperta e hai colpito il capitano di una nave stellare zandiana con un nuovo veleno destinato agli ocreziani.»

Annuii. «È stato un errore. Non avevo intenzione di fare

100

del male a nessuno zandiano. Ero delirante e mi sono agitata, pensando che fosse un mio nemico.»

«Lo metterei in dubbio, se non fosse che hai dimostrato la tua lealtà nella missione per recuperare i dischi. È stato coraggioso e generoso.» Chinò la testa. «E ti ringrazio, a nome mio, della mia compagna e di Zandia.»

Sentii le guance accaldarsi. «N-non so cosa dire. Prego?» Mi morsi il labbro. «Desidero chiedere asilo?»

Non era una domanda, ma ero confusa su come agire, cosa dire. Da quando Drayk mi aveva lasciata sulla navicella, dopo che gli avevo dato piacere, le cose erano diventate un turbine. Una volta su Zandia, ero stata portata in un reparto di isolamento medico per ulteriori cure e domande, e mi era stato detto che avrei potuto presentare una petizione al re una volta che mi avessero ritenuta in salute.

Apparentemente, questa era la rotazione del pianeta giusta.

Il mio istinto si contorse. Avrei dovuto essere emozionata e impaziente, ma riuscivo a pensare solo a Drayk. A come non fosse mai venuto a trovarmi nell'area medica. A quanto fosse stato freddo con me dopo la nostra intimità. Come poteva sembrare così premuroso un momento e distante il momento successivo?

La stanza piombò su di me e feci un respiro profondo per combattere un'ondata di vertigini. «Per favore, non rimandarmi dagli ocreziani. Mi uccideranno e poi faranno del male anche a molti altri esseri umani. In questo momento, non sanno che me ne sono andata. *Beh, la maggior parte di loro non lo sa.*

Il re mi guardò. «Spero sia vero. In una rotazione del pianeta potrebbero scoprire cosa è realmente accaduto.»

Annuii. Madre Terra, speravo che non lo facessero.

«Ho discusso il tuo caso con i miei consiglieri. Riceverai asilo temporaneo e provvisorio, in base al tuo comportamento nei prossimi tre cicli lunari. Se superi il periodo di prova, otterrai asilo completo.»

«Grazie.» Lo dissi automaticamente, poi registrai la parte "temporanea". «Come? Che cosa? Come funziona? Mio signore» aggiunsi in fretta e chinai la testa. «Ti sono grata ma non capisco.»

«Ti verrà assegnato un tutore temporaneo. Uno che» e sottolineò la parte successiva, «osserverà e correggerà il tuo comportamento secondo necessità.» Alzò un sopracciglio. Ero convinta di aver visto l'ombra di un sorriso sul suo volto, ma non riuscii a concentrarmi sulla sua espressione perché tutto ciò a cui riuscii a pensare fu la punizione inflitta da Drayk. Era stata intima e carica, e non riuscivo a immaginare di accettare una cosa simile da nessun altro essere. Avrei odiato che un altro padrone mi toccasse in quel modo.

«Il tuo tutore giudiziario farà un rapporto alla fine del tuo periodo di prova e determinerà se sei idonea o meno a chiedere asilo.»

«Capisco.» No, non capivo. «E dovrei, ah...» Agitai la mano, sentendomi stordita. «Fare...»

Il re alzò un sopracciglio severo. «È una relazione tra maestro e apprendista, solo questo.»

«E posso chiederti chi sarà...»

La mia voce si affievolì quando lo vidi farsi avanti.

Drayk.

Il sollievo fu seguito rapidamente dall'eccitazione. Da una pulsazione lenta tra le mie gambe al ricordo di come mi aveva toccata proprio lì. Come mi aveva messa a nudo per correggermi.

«Capitano» dissi mentre il mio viso avvampava. Mentre i capezzoli si tendevano. «Io...» era tutto quello che potevo dire a questo punto.

Re Zander fece un cenno a Drayk. «Il Capitano Drayk sarà il tuo tutore per i prossimi tre cicli lunari, dopodiché il tuo caso verrà rivalutato. È tuo compito apprendere le usanze di Zandia e acclimatarti al nostro pianeta.» Mi guardò e la sua espressione, anche se severa, non era scortese. «Benvenuta, Taisha.»

Mi chiesi se fosse il caso di chiedere di parlare con Lamira in questo momento: dopotutto, Leylah lo aveva fatto sembrare urgente, ma in base alla risposta di Drayk sulla nave, decisi di aspettare. Chiaramente Drayk era sospettoso nei miei confronti, ma una volta che mi avesse conosciuta e gli avessi spiegato i doni di Leylah, avrebbe capito. Lo sapevo e basta.

«Assicurati di obbedire al capitano Drayk.» Re Zander mi trafisse con lo sguardo.

«Sì, mio Signore. Lo farò» mi affrettai ad accettare, lanciando uno sguardo all'imponente capitano, i suoi muscoli che si increspavano sotto l'uniforme bianca e immacolata. «Lo farò certamente.» Strinsi il culo al pensiero di un'altra punizione. Non era un pensiero spiacevole.

«Se superi il periodo di prova, avrai diritto alla selezione per l'accoppiamento.» Re Zander lo disse come se fosse la cosa più normale del mondo. «Ma fino ad allora, non accetterai offerte.»

Alle sue spalle, vidi due guerrieri zandiani che mi osservavano attentamente, squadrandomi dall'alto in basso, come si potrebbe valutare del bestiame o le verdure su un banco di vendita. Distolsi lo sguardo di scatto, solo per vederne un altro con la stessa espressione.

Drayk si avvicinò ed emise un basso ringhio, e il mio corpo reagì contro la mia volontà, i capezzoli si indurirono in risposta alla sua presenza. Madre Terra, l'attrazione era ancora lì, più forte che mai. Ma poi notai che altri due maschi zandiani mormoravano tra loro e mi facevano un cenno con la testa, come se volessero prendermi proprio adesso.

Espirai e mi avvicinai di poco a Drayk. La stanza cominciò a girare. Il cuore mi batteva forte. Sapevo che questi erano zandiani e provavano solo una sorta di ammirazione per gli umani, ma ero abituata alla necessità di nascondere il viso e la pelle agli ocreziani per evitare di essere notata.

Qui, con il lungo abito bianco e le braccia nude, la figura delineata dalla seta diafana, i riccioli che uscivano come raggi di sole, non ero solo in mostra, mi sentivo come un sole al centro di un sistema solare.

Era troppo.

«Ti prego.» Alzai lo sguardo su Drayk.

Sembrò capire e mi prese tra le braccia prima che svenissi. «Fatevi da parte» scattò, e gli zandiani si separarono senza sforzo. «Devo portare il mio incarico nei suoi alloggi.»

CAPITOLO UNDICI

Drayk

«Io vivo qui. E lo farai anche tu, per tutta la durata della prova.» Respinsi il mio senso di colpa per aver insistito riguardo a questo periodo di prova. Mi dissi che non era per ragioni egoistiche. Era per il bene di Zandia.

Sì, come no. E per il bene del mio cazzo.

Non avrebbe dovuto importarmi cosa ne pensava: avrebbe dovuto essere felice di essere qui. Tuttavia, mi sentii gratificato quando sorrise.

«È così confortevole.» Allungò una mano incerta verso un cuscino sulla mia piattaforma del sonno, il letto galleggiante di forma ovale nella mia stanza, poi la ritirò. «Posso toccare... le cose?»

Non si rendeva conto di non essere più una schiava. Non capiva come funzionavano le cose su Zandia.

E io ero uno stronzo a non voler fare chiarezza. Amavo quando mi chiamava *padrone, kazo.* L'aria sottomessa dei suoi occhi.

«Puoi toccare tutto quello che vuoi.» La mia voce era più

bassa del dovuto e sentii il viso accaldarsi, pensando a quello che aveva fatto sulla navicella. A come mi aveva toccato e mi aveva fatto esplodere di passione.

Mi schiarii la gola. «Insomma, per quanto riguarda i tessuti e le trame di questo posto, ovviamente. E ci sono prodotti alimentari che, a quanto mi risulta, piacciono agli esseri umani.»

Feci un passo indietro e indicai le aree di stoccaggio. «Puoi esplorare la stazione nutrizionale a tuo piacimento, e parte del tuo protocollo qui prevede che tu mangi tre pasti a rotazione planetaria, poiché è considerata la cosa più salutare per gli esseri umani...»

Cominciò a ridere, un suono delizioso. Come il suono delle campane o dell'acqua.

La fissai, incantato. «Ho detto qualcosa di divertente?»

Si fermò immediatamente. «È solo che... *devo* mangiare tre volte per ogni rotazione del pianeta, come se fosse un lavoro ingrato. Non sai quanto a noi umani piacerebbe una cosa del genere...» Si fermò, il sorriso svanì. Spostò lo sguardo e guardò fuori dalla finestra, ma avrei scommesso un sacco di soldi che non stesse guardando il vivace centro della città o i mezzi che passavano.

Mi guardò di nuovo, con espressione cupa. «Accolgo con favore la possibilità di consumare tre pasti a rotazione del pianeta» affermò formalmente. «Non sarà assolutamente un problema.»

Mi avvicinai e le toccai il braccio. «Qui non soffrirai mai la fame, piccola umana.» Alzò quegli occhi scuri verso i miei e l'aria tra noi si fece elettrica. Tolsi la mano e feci un passo indietro, schiarendomi la gola. «Obbedirai a tutte le regole che ho stabilito. Ti alzerai e andrai a dormire quando l'avrò programmato io. Mi accompagnerai nelle visite in città e ti comporterai bene in pubblico. Man mano che dimostrerai il tuo valore, guadagnerai più libertà di interagire con altri esseri umani.»

Lei si irrigidì e si voltò dall'altra parte. «Capisco» dissi alla fine. «Posso avere il mio zaino?»

«Intendi le tue siringhe di veleno?» Alzai le sopracciglia. «No, non puoi. Sono in custodia presso il dottor Daneth e i suoi scienziati. Lavoreranno su come decodificarle e comprenderne la composizione chimica. Quando non ti riterrò più un rischio, *potresti*» – sottolineai il *potresti*– «avere il permesso di guardare e offrire aiuto.»

* * *

TAISHA

«LE ALTRE COSE NEL MIO ZAINO.» Mi accelerò il battito. Cosa era successo alla moneta? Era nel mio zaino e ora non c'era più. L'avevo persa. Come aveva potuto Leylah aspettarsi che la tenessi con me con tutto quello che avevo passato? Madre Terra, anche se avessi provato a infilarla in una cavità corporea, le stelle non volessero, l'avrebbero trovata durante la visita medica.

Leylah ormai se n'era andata, e io ero a milioni di anni luce di distanza, ma sapevo dentro di me che dovevo fare quello che mi aveva detto. Era fondamentale: non sapevo ancora perché, ma lo sentivo. Ancora una volta, colsi un piccolo barlume di luce, di voci. Chiusi gli occhi e mi toccai la tempia, e all'improvviso non c'erano più. Niente.

Guardai di nuovo Drayk.

«Il tuo zaino è in mia custodia.» Mi guardò. «Potresti guadagnartelo comportandoti bene.»

Re Zander aveva detto che questa era solo una relazione

maestro/apprendista. Ma all'improvviso mi chiesi cosa intendesse Drayk per comportarmi bene.

Mi avvicinai. «Comportarmi bene?» Abbassai involontariamente la voce, pensando alle delizie del suo corpo. Del mio. Alzai i palmi delle mani verso il suo petto ampio e muscoloso.

Le antenne si tesero, allungandosi nella mia direzione. Le iridi dei suoi occhi virarono dal castano all'ametista brillante.

Fece un respiro profondo. «Taisha.» Mi coprì le mani con le sue, rudemente. «N-non posso. Hai sentito cos'ha detto re Zander. Non avrei mai dovuto approfittarmi di te sulla navicella. Mi scuso.»

Oh.

Con apparente sforzo, lasciò cadere le mani e fece un passo indietro, allontanandosi da me. «Sono il tuo superiore.» Sollevò il petto. «Sono responsabile per te.»

«Giusto.» Cercai di nascondere la mia umiliazione, il rifiuto mi colpì più profondamente di quanto avrei potuto immaginare.

Inclinò la testa. «Inoltre, non sono sicuro che tu mi abbia detto tutto quello che devo sapere. Questo Zandia ha bisogno di saperlo.» Aggrottò la fronte. «Stai nascondendo qualcosa, qualcosa di importante. Finché non mi dici di cosa si tratta, non potrò fidarmi completamente di te.»

«Capisco.» La mia voce era pericolosamente tremante.

«Devo essere imparziale.» Sembrava quasi implorante. «Re Zander conta su di me affinché io faccia la cosa giusta per tutta Zandia.»

Sbattei le palpebre rapidamente. Quindi non significava nulla. «Come desideri, padrone.» Non riuscii a trattenere una punta di disprezzo nella mia voce.

Lo sentì e alzò le sopracciglia. Si avvicinò. «Non tollererò l'insubordinazione» disse con tono dolce e pericoloso.

Il mio corpo registrò la sua vicinanza con formicolio e

calore. Mi si bloccò il respiro al ricordo del modo in cui mi aveva punita prima. Dell'intimità dell'atto. Di come mi aveva eccitata.

Non potevo impedirmi di portarlo a farlo di nuovo. Volevo che quei muri venissero abbattuti. Volevo vedere di nuovo la sua fame, sentire il suo tocco.

«Le stelle non vogliano.» Alzai gli occhi al cielo. «Sei chiaramente un essere importante e di statura. Tutto ciò che dici deve essere ascoltato con intensa concentrazione e approvazione, certamente.»

Era un gioco pericoloso. Non desideravo davvero farlo arrabbiare, soprattutto se dovevo dimostrargli il mio valore.

«Taisha.» Entrò dritto nel mio spazio, così vicino che sentii il calore del suo corpo penetrarmi nella pelle. Incrociò le braccia, e la figa si contrasse alla sua espressione. Guardando il modo in cui i suoi muscoli si muovevano.

Spinsi ancora un po'. «Vuoi che mi inchini? O una riverenza? Per favore, insegnami le usanze del tuo pianeta.»

Se la mia voce fosse stata un po' più insolente, avrebbe scrostato la vernice dai muri.

«È abbastanza.»

Si mosse come un fulmine e mi afferrò. «Il tuo tono è inappropriato. E sono più che in grado di insegnarti a modularlo. Vuoi che ti mostri come?»

Era partito irritato. Ma ora che le sue mani erano su di me, stelle, la sua voce si era abbassata e si era fatta roca.

«Sì.» Mi scappò con tono sospirato e morbido. Ci guardammo negli occhi. Adorai vedere il modo in cui le sue iridi divennero più scure man mano che guardava. Quando alzai lo sguardo, anche le antenne erano più spesse e, anche se era successo solo una volta, sorrisi tra me, sapendo esattamente cosa significava. Poteva anche affermare di non provare nulla per me, ma il suo corpo diceva la verità. «Decisamente.»

Mi afferrò i capelli e mi tirò delicatamente indietro la

testa, esponendomi il collo. Abbassò le labbra e pensai che stesse per baciarmi lì, invece mormorò vicino al mio orecchio. «Mi stai prendendo in giro?»

Un formicolio caldo attraversò tutto il mio corpo per quello che stava per accadere. Scossi la testa. No. Madre Terra, mi affascinava il suo volto, la mascella forte, i lineamenti spigolosi. Le labbra. Quelle labbra talentuose...

«Sicuramente ricorderai il modo in cui mi piace punire.»

Mi sentii avvampare. L'umidità si accumulò tra le mie gambe.

Sorrise, un sorriso pericoloso. «Ah, quindi non te ne sei dimenticata. Ma forse hai bisogno di ricordarti chi comanda.»

«Um...» Mi persi nel suo sguardo. Mi avrebbe baciata? Da un momento all'altro. Prima si era comportato in modo così freddo, ma era chiaro che stava bruciando per me più che mai.

Mi girò verso il muro e ci appoggiò entrambe le mani. «Spingi fuori il culo per me, Taisha.»

Quella voce. Così rude e piena di lussuria.

Il mio corpo rispose con completa obbedienza. Spinsi indietro i fianchi.

Mi tirò su la gonna e tirò su il lembo delle mutandine tra le mie chiappe.

Mi girai per guardarlo oltre la spalla.

La sua espressione era decisamente selvaggia, come se avesse difficoltà a controllarsi.

«Guarda il muro» ordinò. Ma le sue mani erano gentili sui miei fianchi, e quando mi posò il palmo della mano sul sedere, questa era così ampia da coprire quasi entrambe le natiche contemporaneamente, sussultai per la sensazione.

«Dieci.» Alzò la mano e la schioccò su entrambe le natiche. «Questa è una.»

Gemetti e mi dimenai per il bruciore. Era bellissimo.

«Stai ferma. Due.» Mi schiaffeggiò di nuovo, ma questa volta le dita indugiarono sulla pelle, massaggiandomi delicatamente, togliendo un po' del bruciore. «Devi ascoltare le mie regole ed essere rispettosa.»

Mi sforzai di trattenere un gemito per lo sfregamento. Quando non risposi, mi afferrò una manciata di capelli, non con forza, ma con fermezza. «Taisha, mi senti?»

«Sì, padrone, ho capito. Ascolterò le tue regole. Sarò rispettosa.»

«Bene. Assicuriamocene.» Mi sculacciò di nuovo. Era forte e lo adoravo. Il mio corpo reagì proprio come sulla nave. Tirò le mutandine, che si sfregarono contro il clitoride, fornendo l'attrito tanto necessario. Mi appoggiai. Madre Terra, tutto questo mi piaceva. Volevo che mi sculacciasse, che mi toccasse tra le gambe e mi leccasse la figa, e poi volevo che...

«Ahi.» La sculacciata successiva fu più forte e mossi il sedere, soprattutto perché volevo più pressione sul clitoride. Volevo le sue dita lì, che sfregavano più forte.

«Drayk» sussurrai. Spinsi indietro il culo, alla ricerca della sua mano.

«*Kazo*.» Imprecò sottovoce. «È... ma *kazo*...»

Poi mi diede il resto delle sculacciate in rapida successione.

Ansimò come se si fosse affaticato, anche se sapevo che era impossibile. Avevo visto il suo fisico. Lasciò la presa sulle mutandine, con mio grande disappunto.

«È abbastanza» disse con voce brusca.

Mi aiutò a girarmi. Le antenne erano spesse e rigide, il viso aveva una tonalità di viola più scuro. E gli occhi! Brillavano assolutamente come l'ametista: ora non c'era più alcuna traccia di castano. «Spero che questo ti abbia insegnato una lezione.» La voce suonò graffiante e profonda.

Mi voleva.

Disperatamente.

Era chiaro.

Abbassai lo sguardo sul rigonfiamento sul davanti dei pantaloni.

«Devo andarmene per alcuni affari.» Senza guardarmi, recuperò in fretta alcuni oggetti. «Mangia qualcosa prima del mio ritorno e riposati. Se non hai...» si interruppe. «Non provare ad andartene, perché sarà chiuso a chiave.»

In silenzio, annuii. Il battito tra le gambe mi fece ronzare dappertutto.

Poi si chiuse la porta alle spalle e se ne andò.

Il sedere mi formicolava in un modo che sarebbe stato piacevole se avesse finito quello che aveva iniziato. Andai verso la porta da cui era uscito e ci appoggiai la testa, con le dita tra le gambe.

Maledizione a te, Capitano Drayk.

Infilai la mano sul davanti delle mutandine e sussultai per l'umidità tra le gambe. Per com'era gonfia la pelle.

Ricordando il modo in cui mi aveva toccata l'ultima volta, mi impegnai con le dita, ondulando il palmo in modo da colpire il clitoride con esso e l'ingresso con le dita. Tutto quello che dovevo fare era pensare a lui.

Il mio gigante enorme, imponente, burbero e gentile. Come sarebbe stato essere pienamente rivendicata da lui? Fargli spingere la sua virilità proprio qui, dove stavo toccando?

Bastarono questi pensieri. Raggiunsi l'apice, i muscoli interni si contrassero e pulsarono mentre ansimavo contro la soglia.

Non fu neanche minimamente soddisfacente come quando aveva collaborato, ma fu comunque un sollievo.

«Beh, suppongo che sia meglio così» riflettei ad alta voce. Il volto di Leylah fluttuò davanti a me e ricordai cosa aveva detto: non arrendermi mai, o sarei sempre stata una schiava.

Sicuramente questo era ciò che intendeva. Dovevo mantenermi forte e indipendente e non permettere a questo essere di insinuarsi nel mio cuore. Non dovevo preoccuparmi di ciò che pensava o sentiva per me. Dopotutto, come potevo realizzare i suoi desideri se mi comportavo come una schiava del piacere infatuata, interessata ai piaceri fisici?

Strinsi le dita, ricordando la sensazione della moneta sulla mia pelle. «Devo riprenderla» sussurrai. «Ho una missione.»

Le mie ossa sembrarono vibrare dal desiderio di incontrare Lamira, ma in questo momento, rinchiusa nella camera di Drayk, sembrava un compito impossibile.

Avrei dovuto pensare alle mie benedizioni. Mi trovavo in un lussuoso domicilio con l'ordine di non fare altro che mangiare e riposare.

Potevo mentire a me stessa e fingere di essere la padrona per una volta. Andai alle unità di stoccaggio per indagare su questa cosiddetta stazione nutrizionale. Se c'erano cibi che dovevo mangiare, avevo intenzione di iniziare subito. Grazie Madre Terra, per i piccoli piaceri.

CAPITOLO DODICI

rayk

«Come va la ricerca?» Mi guardai intorno nel laboratorio, pieno di attrezzature all'avanguardia che sembravano complicate e fragili. Mi tenni ben lontano da tutto per non urtare nulla e non rischiare di distruggere tutto.

Il dottor Daneth si fece avanti, dopo essersi asciugato le mani con un panno. «Lenta.» La sua voce era misurata e uniforme, ma percepii della frustrazione. «L'essere umano ci ha fornito solo una breve panoramica di come viene creata la tossina.»

La sua compagna Bayla aggiunse: «E non abbiamo tutti gli ingredienti necessari per ricrearla. Né disponiamo di pelle o tessuto di ocreziani su cui testare i nostri campioni.»

«Ah.» Mi strofinai la mano sulle tempie. «Devo interrogarla per te? Hai bisogno di interrogarla tu?» Ma mi accigliai a questo pensiero. «È ancora fragile...»

«No. Credo che ci abbia detto quello che ricordava. Purtroppo, non ne sapeva abbastanza.» Il dottor Daneth scosse la testa. «Ha detto di non avere mai creato la tossina da sola.»

«Perché la vecchia l'avrebbe mandata nell'universo senza sapere come farlo? *Kazo.*» Alzai le sopracciglia. «È una specie di spreco di informazioni e di una navicella.»

Il dottor Daneth prese una fiala e la sollevò alla luce. Lampeggiò iridescente, ma non assomigliava ancora esattamente al fluido nelle fiale di Taisha. «Presumiamo che forse stesse cercando protezione: se l'umana, Taisha, fosse stata catturata, non sarebbe mai stata in grado di rivelare la formula esatta. Ma abbiamo abbastanza conoscenze per lavorarci, supponendo che prima o poi riusciremo a ottenere il veleno e gli estratti di frutta di cui abbiamo bisogno da Romon-3.»

«Stai dicendo che dobbiamo tornare lì?» Pensai immediatamente a come potevamo farlo funzionare. «E raccogliere aspidi?» Alzai le sopracciglia. «Sarà pericoloso. Preferirei evitare quel pianeta per il momento.»

«Capito, ma potrebbe essere necessario.»

Annuii e toccai il comunicatore. «Inviami i dettagli e posso organizzare una missione.»

«Lo farò, ma abbiamo bisogno che anche tu ti leghi a lei. Se si sentisse a suo agio con te, potrebbe rilassarsi e ricordare di più sulle procedure. E la vogliamo qui in laboratorio non appena la riterrai un'opzione sicura.» Il dottore mi lanciò uno sguardo tagliente, poi diede un'occhiata alla sua compagna.

«L'esperienza dimostra che gli esseri umani che si legano più rapidamente agli zandiani e ai loro simili si integrano prima e diventano utili sul pianeta più velocemente» mi ricordò.

Annuii, anche se ero consapevole che probabilmente la mia espressione era tesa. «Capisco.»

«Hai intenzione di accoppiarti con lei?» La voce del dottore era blanda, ma i suoi occhi erano acuti.

Accoppiarmi.

La parola mi attraversò il petto e affondò nel mio cuore.

Non mi ero mai immaginato accoppiato a un essere umano. Altri zandiani parlavano di come il legame con le umane rafforzasse le loro capacità una volta abituati ai cambiamenti, ma a me sembrava una scusa. Mi piaceva rimanere attivo nelle missioni, essere un saggio giudice imparziale. E le umane avevano l'effetto di rendere emotivi gli zandiani. Di cambiare la nostra capacità di rimanere imparziali. Giudiziosi. Questa era la parte più critica di tutta la mia vita. Avrebbe danneggiato seriamente la mia carriera.

«Sono il suo tutore e niente di più» mormorai. «Sarebbe inappropriato, dovendo giudicare la sua idoneità a restare su questo pianeta.»

Pensai di vedere Bayla sorridere prima di nascondersi dietro la mano. Poi si girò. «Scusatemi, ma devo controllare questi campioni» disse.

Poi aggiunse, impegnata a fare qualcosa con vetrini e pipetta: «Ci sono state, ehm, altre coppie su Zandia che hanno iniziato esattamente allo stesso modo, e sono sbocciate in qualcosa di più. Solo per dire.»

Mi sentii accaldare ed ero certo che il mio viso fosse diventato di un viola più intenso. Questi *kazo* di umani e la loro irritante sensibilità alle emozioni. E la loro capacità di farci uscire dal nostro letargo.

«Può essere vero, ma sono consapevole di ciò che è meglio per la mia situazione.» Mi schiarii la gola. «Quindi vi fornirò le informazioni quando le avrò.»

«Grazie.»

Il dottor Daneth era fortunato ad avere trovato una

compagna con cui aveva un legame così forte, sia nel lavoro che nella sfera personale.

Ma non tutti eravamo destinati ad averlo. Alcuni di noi lavoravano meglio da soli. Almeno conoscevo i miei limiti.

* * *

Taisha

«Ecco alcuni ologrammi.» La sua voce era burbera, ma i gesti gentili mentre mi porgeva una pila di dischi lucenti e mi toccava il braccio.

Il contatto mi diede quello shock formicolante come sempre. «Grazie.»

«Informazioni sui nostri pianeti. Fatto dagli esseri umani, per gli esseri umani.» Era abbastanza vicino da poter vedere i dettagli nei suoi occhi, il modo in cui il marrone dorato e il viola si mischiavano insieme. Bellissimo.

«So che probabilmente ti annoierai qui quando non sono presente.»

Annuii. «Io... sarei grato di avere un diversivo. Ho esaminato a fondo il centro nutrizionale una dozzina di volte, organizzato i prodotti alimentari in cinque modi diversi e memorizzato la disposizione e le cose all'interno di questo domicilio.» Risi. Non parlai degli attacchi di panico e delle lacrime che arrivavano in momenti strani, facendomi tremare, sudare e agitare. I flashback di quando ero intrappolata sulla loro nave, quasi morenti di sete.

Ma lui si avvicinò. «Hai gli occhi rossi e gonfi.» Mi toccò la pelle vicino alla palpebra. «Che c'è? Sei malata?»

Abbassai lo sguardo. «Niente. Sono grata di essere qui.»

«Stavi piangendo?» Abbassò la voce. «Taisha?» Mi toccò

il mento. «Rispondimi.» Ma la sua voce non era crudele o aspra. «Che c'è?» Sembrava... preoccupato.

«Non è niente. Lo giuro, sono pronta a vedere il pianeta. Non farò nulla di male, padrone.»

Morivo dalla voglia di uscire da questa stanza. Potevo vedere parte della città attraverso la finestra, dove stavo seduta per gran parte della rotazione del pianeta, almeno, finché non arrivavano gli attacchi di panico. Quando succedeva, mi accovacciavo in un angolo, singhiozzando e stringendomi le ginocchia, finché il terrore non passava.

«Ho sentito che gli esseri umani a volte... hanno stimoli emotivi derivanti da brutti ricordi.» Era come se stesse testando le parole, insicuro di quello che stava dicendo. «Stress post traumatico.»

Ridacchiai, anche se non era divertente. «Puoi dirlo forte.» Momenti di terrore abietto. Come facessero alcuni a imparare a gestirli per me era un mistero.

Non gli avrei chiesto aiuto. Aveva chiarito che era qui per proteggermi, valutarmi. Niente di più. Poteva anche provare un'attrazione fisica per me, ma stava combattendo anche quella. Chiaramente non si preoccupava di me in modo speciale. In più, dovevo restare forte, proprio come Leylah mi aveva avvertito di fare. Da sola.

«Bayla ha detto...» fece una pausa. «Che gli esseri umani si acclimatano meglio quando sono in mezzo agli altri.» La sua voce si rafforzò. «Ti porterò a incontrare lei e il dottor Daneth al laboratorio. Hanno chiesto il tuo aiuto.»

Mi raddrizzai immediatamente. «Veramente? Oh grazie. Mi piacerebbe.» Avevo la voce rotta per la gratitudine. «Per favore, ne ho davvero bisogno.»

Non avrei voluto implorarlo, ma ora che l'aveva detto, riconoscevo quanto fossi affamata di compagnia... e di distrazione.

«Mi dispiace di non averlo fatto prima.» Si sedette su una poltrona e mi osservò per un secondo.

Non ero abituata a sentirlo scusarsi. Non risposi perché non sapevo cosa dire.

«Allora, raccontami qualcosa sul tuo pianeta. Dimmi di più sulla... vita. Lì.»

Mise le mani sulle ginocchia. Guardai le sue gambe, quei muscoli forti, e distolsi lo sguardo da ciò che c'era in mezzo.

«Romon-3 non è realmente il mio pianeta. Ma cosa vuoi sapere?»

«Qualcosa?» Anche lui sembrava incerto.

Stava solo cercando di chiedermi informazioni? Gli avrei detto volentieri di più sulla formula, se solo fossi riuscita a ricordare qualcosa di utile.

«Durante la rotazione del pianeta, prima di nascondermi sulla tua navicella, ho ucciso un serpente per il siero» gli dissi, chiudendo gli occhi per ricordare i dettagli. «Gli ho mozzato la testa con una falce, un colpo netto. Sono brava in questo. E poi... è successo qualcos'altro.» Aprii gli occhi e lo guardai, controllando il suo viso. «Importante.»

Non sapevo se avrei dovuto dirgli di aver salvato il giovane, ma in questo momento i suoi occhi erano gentili. Pazienti. Come se si fidasse di me. E Madre Terra, forse parlarne avrebbe fatto cessare gli incubi.

«Voglio sentirlo.» La sua voce era bassa e suadente. Sembrava interessato. Come se volesse davvero sapere di me. Ed era bello avere un altro essere che mi trattava in questo modo, come se fossi degna della sua esclusiva attenzione.

«Va bene. Dunque io e Rannah eravamo vicino al fiume, la parte impetuosa, dove scorre veloce e pericoloso, prima delle cascate.»

«Perché?» Drayk sbatté le palpebre. Mi piaceva il modo in cui il raggio di sole che entrava dalla finestra catturava i suoi occhi e li illuminava.

Sorrisi brevemente, solo perché mi piaceva la faccia di Drayk. Poi divenni di nuovo solenne, mentre tornavo alla mia storia. «Stavamo tracciando il percorso di un nuovo canale per i campi. Il padrone ci faceva eseguire manualmente il rilevamento e il lavoro iniziale. Diceva che ci manteneva umili.»

Ridacchiai senza un briciolo di ironia. «Il padrone era sul posto mentre uccidevo il serpente, ma non lo ha visto, perché era impegnato con un visitatore. Il figlio del padrone, però, osservava. Sembrava affascinato da me. E a dire il vero, anch'io ero curiosa riguardo al figlio. Era... diverso.»

«Come mai?» Drayk si sporse in avanti. I muscoli della sua coscia si spostarono mentre cambiava posizione, e io cercai di non fissarlo.

«I suoi occhi, erano insoliti per essere un ocreziano. Il colore e l'espressione. E il suo comportamento. Molti giovani venivano a guardarci vantandosi di come ci avrebbero possedute, entro una rotazione planetaria. Ci prendevano in giro. Ma questo qui sembrava semplicemente curioso. Innocente, addirittura.»

Intrecciai le dita mentre parlavo. «A Rannah non importava. Mi ha detto...» mi fermai a pensare, così da riuscire a ripetere bene le sue parole, perché erano impresse nella mia mente. «Ha detto: *quello è suo figlio. Vorrei ucciderlo come tu hai ucciso il serpente. Ma non in modo così pulito. Mi prenderei il mio tempo sui tendini del collo. Scaverei lentamente. Vorrei sentirlo urlare prima. Supplicare.*»

Ora non stavo pensando ai potenti muscoli di Drayk. Ero tornata a quel momento, sentendone il terrore e la rabbia.

Chiusi gli occhi per un secondo e all'improvviso Drayk era accanto a me sulla piattaforma del sonno, così vicino che riuscivo a sentire il calore del suo corpo. Mi tirò verso di lui, così ci trovammo proprio attaccati e mi prese la mano.

«Difficilmente verresti giudicata per avere tali pensieri.»

Drayk mi strinse la mano. «Essere schiavizzata e torturata, trattata come una proprietà? Perché non dovresti voler uccidere la prossima generazione di crudeltà?»

Annuii. Averlo così vicino mi calmava, era come se potesse proteggermi. «Una parte di me la pensava in qualche modo come lei. Ma non siamo riuscite a discuterne, perché il padrone ha portato il suo visitatore proprio da noi. E lui...» Tremai e divenni fredda. «Lui...» mi si spezzò la voce. «Mi voleva.»

«Cosa intendi?» Drayk strinse le mani sulle mie.

«Ha detto che la mia pelle marrone scuro era meravigliosa, incontaminata. Pura. Che avrei potuto essere venduta per molti stein come schiava del piacere. Che gli sarebbe piaciuta un'umana del genere nella sua casa per uso personale. Madre Terra, era vile. Quella pelle verdastra, quegli occhi reumatici e mucosi. Puzzava di decomposizione e di morte.»

Deglutii a fatica. «E dovevo stare lì e sembrare gentile e indifferente, come se stessero discutendo del tempo. Non della mia stessa esistenza.»

* * *

DRAYK

SAREI STATO pronto a uccidere tutti gli ocreziani dopo aver sentito questo. La mia dolce umana, quasi venduta come schiava del piacere a questo mostro? «Meritano tutti di marcire» mormorai. «Un giorno, se le stelle lo desiderano, cambieremo questa situazione.»

Taisha si spinse contro di me. «Lo spero.»

«Vuoi smettere di parlarne?» Le alzai il mento e la scrutai

in faccia. «Non voglio turbarti.» Volevo sapere, ma il bisogno di proteggerla si faceva sentire.

Scosse la testa. «A volte l'unico modo per sconfiggere i demoni è liberarli parlando. Aiuta. Se continui a tenermi stretta.» Abbassò la voce. «Mi piace.»

Piaceva anche a me... più di quanto non avrei dovuto. Ero consapevole che il mio corpo reagiva come se lei fosse sulle mie ginocchia per un gioco di piacere, non per una discussione difficile.

Respinsi l'eccitazione così da potermi concentrare sulle sue parole. «Voglio aiutarti.»

E il fatto era che era vero. Avrei voluto avere il potere di curare le sue ferite, renderla felice.

«Mi hanno trattato come una... cosa. Ero una proprietà, niente di più.» Strinse il pugno. «Sai quanto è terribile?» Si asciugò gli occhi. «Non c'è niente di peggio nella galassia, ne sono sicura.»

«Non ti sentirai mai più così, lo giuro. Non lascerò che ciò accada.»

Solo che in un certo senso lo stavo facendo adesso, mettendola in detenzione senza mandato. Ma ero diverso, mi dicevo, respingendo il senso di colpa. La sua vita era molto migliore qui. Non era affatto la stessa cosa.

«Bene, poi se ne sono andati, il padrone e il suo visitatore. Il figlio è rimasto indietro, a guardarci, in piedi vicino al fiume.» Prese fiato. «Ed è allora che è successo.»

«La cosa importante?» Mantenni la voce leggera, così che non smettesse di parlare.

«Sì. Il giovane ocreziano è caduto nel fiume e stava per annegare.» Guardò dall'altra parte della stanza. «Non nuotano bene e anche noi umani abbiamo difficoltà in quel fiume. La corrente è fortissima. Non aveva alcuna possibilità.»

«Che cosa hai fatto?» Ero incantato.

«Rannah e io siamo corse sulla riva. Riuscivamo a malapena a sentirci a causa del rumore delle rapide e delle cascate. Mi ha avvicinato la bocca all'orecchio e ha detto che voleva vederlo morire.»

«E tu?»

«Ho detto che era solo un bambino. Rannah si è arrabbiata. Ha detto che anche noi eravamo state bambine una volta. Che quei giovani crescevano fino a diventare dei mostri, se lo permettevamo. Voleva godersi il momento. Aveva giurato che la sua morte sarebbe stata il suo unico piacere nella vita.»

«Hmm.» Mi piaceva questa Rannah, a dire il vero. Sembrava feroce. Dedita alla sua causa.

«Ma *mi ha guardata*, Drayk.» C'era un tono nuovo nella sua voce, come se avesse percepito la mia approvazione per Rannah già dal modo in cui avevo mormorato. Era come se avesse bisogno di convincermi di qualcosa. «Come se fossi una persona importante. Come se fossi importante. E c'era speranza nei suoi occhi. L'ho visto pronunciare le parole *aiutami. Ti prego.* Quindi... mi sono tolta gli stivali. E mi sono tuffata. L'ho portato a riva e gli ho dato un colpo sul petto, e lui... è sopravvissuto. Ha tossito acqua per tantissimo e ha ansimato, ma è sopravvissuto.»

Taisha smise di parlare all'improvviso e si strinse tra le mie braccia. All'improvviso cominciò a singhiozzare. «Dovevo farlo» sussurrò, mentre il suo corpo tremava. «Le altre umane mi hanno odiata, ma dovevo farlo.»

Mi guardò, gli occhi umidi. «Perché non era ancora malvagio. C'era ancora una possibilità. Capisci?»

Mi sentivo come se la prossima cosa che avessi detto sarebbe stata l'unica cosa che contava.

Le presi il mento e parlai senza nemmeno pensare. «Lo capisco. E avevi ragione.»

Pensai ancora che Rannah avesse il tipo di fuoco che

poteva infiammare un esercito, anche se forse era troppo zelante. Ma Taisha aveva il dono della pace, la capacità di trattenere il giudizio. Di prendere una decisione che non fosse basata sulla rabbia. Come giudice, capivo che era altrettanto importante per la nostra sopravvivenza.

Chiuse gli occhi e ricadde tra le mie braccia, e io sapevo, senza che lo dicesse ad alta voce, che avevo superato una specie di prova. Quando continuò la sua storia, anche se era dolorosa da sentire, sentivo che parlava con più sicurezza. Come se avesse fiducia che non l'avrei giudicata.

«Ci ha detto di non dire a suo padre, o a qualsiasi ocreziano, quello che era successo. Poi si è alzato. Mi ha fatto il gesto con la mano che significa rispetto, quello che gli ocreziani maschi si fanno reciprocamente.» Inclinò la testa. «Avrebbe potuto finire in guai seri per averlo fatto, anche se gli avevo salvato la vita. Non era per gli schiavi. Le nostre vite non erano abbastanza importanti.»

Ringhiai e la tirai più vicino.

Taisha emise un lungo sospiro tremante. «Drayk, avrei potuto lasciarlo morire. Ma non l'ho fatto. E anche questa cosa è nelle mie ossa, una cosa più leggera, insieme alle cose pesanti e brutte.»

Mi guardò. «E non mi dispiace. Perché, se uccidere fosse il nostro unico piacere nella vita, allora saremmo già morti.»

⁕ ⁕ ⁕

TAISHA

STAVO TREMANDO quando finii di raccontare la storia. Mi strinsi tra le braccia, anche se anche le braccia di Drayk mi circondavano.

Drayk mi tenne più vicina e il suo abbraccio fu rassicurante. «Taisha, te lo garantisco, hai fatto la cosa giusta, anche se la tua amica ti ha condannata» mi sussurrò all'orecchio.

«Dimmelo ancora. Ho bisogno di sentirlo.» Lasciai andare le braccia. «Continuo a ripensarci nella mia mente.»

«Ne sono sicuro. Questo dimostra che hai il coraggio e l'onore di pensare con la tua testa. Anche quando chi ti circonda manca di onore.»

Sussultai perché non potevo giudicare Rannah per aver desiderato che lasciassi morire il giovane. Gli schiavi non si potevano permettere il lusso dell'onore. Ma anche così, le sue parole erano un balsamo per me.

Mi sciolsi nel suo abbraccio, chiusi gli occhi e gli appoggiai la testa sul petto, sentendo il battito confortante del suo cuore, lento e regolare. «Io semplicemente... vorrei poter dare la libertà anche alle altre umane. A volte mi sento...» Mi sedetti e mi girai per guardarlo. «Come se fosse ingiusto. Perché io sono stata salvata e loro no?» Scossi la testa. «È come un regalo che non merito. Devo guadagnarmelo, dopo il fatto. Voglio fare qualcosa che mi permetta di dire che ne è valsa la pena.»

«L'hai già fatto.» Sembrò enfatico. «Ci hai procurato quei dischi. E ci hai portato la tossina che può uccidere degli ocreziani. Ciò avrà un valore inestimabile.» Ma spostò lo sguardo dopo averlo detto. Non credeva che bastasse a convincere Zander? Avevo ancora bisogno di mettermi alla prova?

«Lo spero.» Appoggiai il palmo della mano contro il suo petto. «Ma per favore, ora devo pensare a qualcosa di diverso da questo.» Feci un respiro profondo. «Dimmi qualcosa.»

«Devo dirti qualcosa?» Sembrò sorpreso. «Cosa vuoi sapere?»

«Qualcosa che riguarda il tuo pianeta.» Sorrisi per il modo in cui avevo imitato la sua domanda. «Che riguarda te.»

Rise. «Va bene.» Poi fece una pausa, forse pensando a cosa

dirmi. «Una volta» esordì, mettendo la mano sulla mia, quella sul petto, «quando ero più giovane di qualche ciclo solare, volevo fare qualcosa di importante per Zandia.»

Mi piaceva la sensazione della sua mano enorme e potente sulla mia. «Vai avanti.» Premetti le dita contro la sua maglietta, desiderando di poter sentire la sua pelle nuda.

Mi accarezzò il pollice con il suo. «Pensavo che essere il capitano di una navicella stellare e andare in missione non fosse abbastanza. Zandia ha ancora molta strada da fare. Così tanti nemici. Siamo ancora così devastati come specie.»

Aspettai che continuasse.

«Così ho chiesto a re Zander di addestrarmi come giudice.» La sua voce conteneva una punta di orgoglio. «E lui ha detto di sì. Ha detto che ho la capacità di essere imparziale e di guardare al bene del pianeta in un modo unico.»

«Questo è encomiabile.»

Il suo viso era vicino al mio e il respiro era caldo sulla mia guancia. «Non l'ho fatto per essere onorato, anche se qualsiasi lode significa che sto servendo Zandia in modo efficace. Pensavo che avrei dovuto dare tutto me stesso alla nostra gente. Al cento per cento, sempre.»

«Capisco. Anche noi umani su Romon-3, e probabilmente altrove nella galassia, abbiamo un legame. Se possiamo aiutarci a vicenda, lo facciamo. La schiava nella stanza dei registri sapeva che non appartenevo a quel posto, ma non ha detto nulla. Mi ha aiutata anche se questo poteva costarle la vita. Quando me ne sono andata, ha detto» abbassai la voce, ricordando le sue parole: «Che tu possa avere successo.» Deglutii. «Facciamo quello che possiamo l'uno per l'altro. Per la sopravvivenza di tutti noi.»

«Hmm.» Annuì. «Come giudice, devo tenere a bada le mie emozioni e prendere decisioni logiche ed equilibrate che servano al bene più grande degli zandiani. Significa che non dovrei accoppiarmi. Almeno non con un essere umano, perché creano uno stato di emotività instabile negli zandiani.»

Lo guardai sbattendo le palpebre. Che cosa?

«È vero?»

Si strofinò il naso come se si sentisse in colpa per averlo detto. «È vero. È risaputo su Zandia. Ma gli esseri umani sono la migliore opzione che abbiamo per riprodurci perché ci sono pochissime femmine zandiane.»

«Cosa intendi per stato di emotività?»

Si alzò e si massaggiò la nuca. «Emotivo. Provare emozioni. Normalmente gli zandiani sono estremamente logici. Le umane risvegliano emozioni che non siamo abituati a provare.»

Anch'io mi alzai in piedi. «Evoco emozioni in te?»

Lui distolse lo sguardo. «Lo sai, sì.» Si schiarì la voce. «Quindi è positivo che questa sia solo una situazione temporanea.»

Giusto. Una situazione temporanea.

Tutto il suo comportamento era più leggero adesso. Così diverso dal modo ferocemente protettivo con cui mi aveva tenuta mentre condividevo la mia storia con lui. Un lampo di dolore mi colpì al petto. Ogni volta che avevo la sensazione che si stesse permettendo di fidarsi di me e di prendersi cura di me, un attimo dopo mi toglieva tutto.

Prese una borsa vicino alla porta. «Vieni. Ti porterò al laboratorio per incontrare la squadra.»

Si voltò. «E ti è severamente vietato menzionare la missione di consegnare i dischi a qualsiasi essere umano, è chiaro? Era una missione conoscitiva e non vogliamo che le chiacchiere vanifichino il tutto in alcun modo.» Mi lanciò un'occhiata severa. «Questo è importante. Dimmi di sì.»

«Sì padrone. Prometto.»

CAPITOLO TREDICI

Taisha

«Taisha, mi passi il siero, per favore?» Bayla indicò alla sua sinistra.

Presi la piccola fiala, facendo attenzione a tenerla ben salda nella mano guantata.

«Certo.»

«Grazie.» Lo posò davanti alla sua postazione. «Siamo alla rotazione del pianeta numero sette e stiamo esaurendo le nostre scorte di veleno. Vorrei davvero che potessimo ottenere dei rapporti che corrispondano a quelli del tuo campione.»

Avevo un disperato bisogno di aiutarla, davvero, ma le avevo già detto ogni singola cosa che ricordavo che Leylah avesse mai fatto con le tossine, il che non era poi così tanto, dal momento che era Keerah, non io, la sua apprendista per il veleno di serpente.

«Vorrei avere la risposta.» Scossi la testa frustrata. Venivo qui ormai da alcune settimane. Anche se avevo stretto un legame con Bayla e mi piaceva imparare nuove tecniche in laboratorio, non sentivo di essere stata di grande aiuto.

«Forse una volta l'hai vista fare qualcosa e non ti sei resa conto di quello che stavi vedendo?» La voce di Bayla era speranzosa. «Se ci ripensi, ti verrà in mente?»

«Aveva l'abitudine di parlarmi da sola mentre lavorava. Ma ero concentrata sull'ascolto delle sue storie e leggende. A proposito di esseri umani potenti, di coloro che avevano sfidato le probabilità e si erano ribellati all'oppressione nel corso dei millenni.» Mi strofinai le labbra. «Ha detto che quelle erano le cose che dovevo divulgare fuori» - agitai la mano - «Qui. Con Me.» Mi toccai la testa. «Ha detto che tutto ciò di cui avevo bisogno era qui.»

Bayla si tolse i guanti con uno schiocco del lattice e li appoggiò sul bancone. Sospirò e mi mise una mano sulla spalla. «E mi piace ascoltarle e le stiamo documentando per le generazioni future. Sono storie meravigliose, soprattutto quelle sugli eroi greci: era la Grecia, vero?» Ripronunciò la parola. «Grecia. Le leggende degli umani e degli dei sono spettacolari. È solo che» mi prese le mani tra le sue, «per quanto meravigliose, non sono ciò di cui abbiamo bisogno in questo momento.»

«Lo so.» Tolsi le mani e le asciugai sul grembiule da laboratorio, perché all'improvviso erano diventate sudate. «Lo so.»

«Non è colpa tua.» Bayla sorrise. «Facciamo una pausa, va bene? Ho ottenuto il permesso da Drayk di portarti a pranzo con un'altra amica umana, Mirelle.»

«Fantastico.» Il mio umore migliorò immediatamente. «Non che non ami te e il dottor Daneth, ma sono così ansiosa di incontrare altre persone.» Mi fermai e la osservai attentamente. «Come... Lamira? Pensi che potrei incontrarla presto?»

«Lamira? La compagna di re Zander?» Mi lanciò uno sguardo indagatore. «È piuttosto protettivo nei suoi confronti, soprattutto con i nuovi arrivati. Perché proprio lei?»

«Oh, io, uhm... penso solo che debba essere molto potente e interessante, per aver catturato il suo interesse. È tutto. Immagino di essere curiosa.» Tenni lo sguardo fisso.

«Beh. Probabilmente non finché non avrai superato il periodo di prova.» Toccò il comunicatore. «Mirelle, sei pronta? Andiamo, Taisha.»

* * *

TAISHA

«È STUPENDO!» Alzai le braccia e mi girai, ridendo di gioia. «Non ho mai visto niente del genere!» Non sapevo cosa fosse meglio: la libertà di essere in un posto diverso dal laboratorio, all'aria aperta, o la compagnia.

Eravamo in una grotta non lontano da una cascata, sedute attorno a una roccia bassa che stavamo usando come tavolo da pranzo. «Riesco a malapena a concentrarmi sul cibo, anche se queste bacche sono fantastiche.» Per dimostrare il mio apprezzamento, mi sedetti, incrociai le gambe sotto il vestito fluido e mi misi in bocca una fragola rosso rubino. «Mmmh.»

«Le hai mai mangiate su... dov'eri?» La voce di Mirelle era cauta. Prudente.

«Le abbiamo coltivate per il raccolto. Ma se ne mangiavamo qualcuna venivamo punite. A volte ne rimanevano alcune sulle viti, mezze marce, e quelle le portavamo di nascosto nelle nostre baracche.» Seduta con loro due, mi sentivo abbastanza forte da affrontare alcuni di questi ricordi. «Ma non avevano questo sapore.» Presi un'altra bacca, solo perché potevo. «Vorrei solo poter aiutare le altre umane che sono lì.»

Mirelle annuì. «Lo so. Ho avuto difficoltà ad adattarmi al fatto che io ero libera e le altre umane no. Ecco perché mi sono dedicata a salvarle.»

Il viso di Bayla era diventato pallido e vidi le lacrime nei suoi occhi. Mirelle le prese la mano. «Oh, Bayla, mi dispiace. Parliamo di qualcos'altro.»

«No.» Bayla si asciugò gli occhi. «È la cosa più importante. E se Madre Terra lo vorrà, in una rotazione del pianeta otterremo informazioni sulle mie figlie. So che accadrà.»

«Le tue figlie?» Misi giù la mia bacca. «Cosa intendi?»

«Ho dato alla luce due schiave umane come fattrice. Prima che il dottor Daneth mi comprasse per il suo progetto di procreazione di Zandia. Mi sono state tolte alla nascita. Mi uccide sapere che sono da qualche parte...» le tremò la voce. «Là fuori. Il dottor Daneth e il re Zander hanno detto che le troveremo se possiamo. Ma prima dobbiamo ottenere i registri degli schiavi da...»

«Da dove?» il cuore iniziò a battermi forte. Amavo già Bayla e mi faceva male pensare alle sue figlie, sole là fuori. Alla sua sofferenza, dovuta al fatto di non sapere dove fossero.

«Si dice che i documenti si trovino in un complesso su un pianeta chiamato Fonquin. Il mio compagno non vuole che mi preoccupi troppo. Ha detto che non è salutare. Ma in verità, a volte è tutto ciò a cui riesco a pensare.»

Provai quella strana sensazione e vidi un piccolo lampo viola, come quando avevo tenuto la moneta con Leylah su Romon-3. Mi sentii come se avessi bisogno di parlare. «Ero a Fonquin.» Parlai automaticamente. «Mi sono intrufolata in un edificio e ho preso due dischi chiamati BAY1 e BAY2. Li hanno Drayk e la sua squadra.»

«Che cosa?» si avvicinò e mi afferrò. «Stai dicendo la verità? Cosa intendi?»

Oh, Madre Terra. Non avrei dovuto dire niente! Sentii il cuore affondare. Ma quando vidi l'espressione sul suo viso – tanto dolore e disperazione – misto a speranza, mi sentii in dovere di continuare.

«Non lo so! Sì, è la verità. Sì. Dopo essermi intrufolata sulla navicella di Drayk e averlo avvelenato accidentalmente, mi sono offerta di aiutarlo in una missione segreta. Avevano bisogno di un essere umano e io dovevo dimostrare la mia lealtà.»

Aveva gli occhi spalancati e selvaggi. «Sono le mie? Le mie figlie?» Mi scosse. «Parla!»

«Non lo so. Bayla, per favore!» Le sue mani stavano affondando nelle mie braccia.

Mirelle estrasse delicatamente le dita di Bayla dai miei vestiti. «Bayla, andrà tutto bene. Siediti. Lo scopriremo.»

«Perché non me lo dicono?» Bayla alzò la voce. «È una sorta di scherzo? Per favore, non scherzare con me.»

«Non farei mai una cosa del genere.» Mi misi la mano sul cuore e la guardai negli occhi. «Lo giuro, è quello che è successo.» Inspirai. «Penso che non avrei dovuto dirlo a nessuno, però.» Mi morsi il labbro. «Drayk potrebbe effettivamente avermelo proibito.»

«Ma sono *le mie*?» Mi prese di nuovo le mani e le strinse. Il modo in cui le sue unghie affondavano nei miei palmi e l'evidente amore disperato per le sue figlie mi ricordarono improvvisamente come quella moneta...

«Io... ahi.» Sussultai e chiusigli occhi mentre un dolore accecante mi colpì le tempie. «Oh...»

Mi lasciò andare, forse allarmata, e io mi afferrai la testa con entrambe le mani. «Oh, Madre Terra...»

Un lampo di viola, di blu. Due piccoli volti umani che nuotavano davanti a me. L'unico che riuscivo a vedere chiaramente somigliava molto a Bayla. «Sì. Sono le tue.» Ancora una volta, parlai senza pensare.

Ma poi la visione svanì, con la stessa rapidità con cui era arrivata, e non riuscii a ricordare alcun dettaglio. Ero inorridita. Perché le avevo detto di sì, quando ero tutt'altro che sicura? «Voglio dire, sì, lo spero. Oh Madre Terra, fa che sia così.»

Bayla si smontò. «Sì, speriamo.»

«Cosa ti è successo?» Mirelle mi fissava, attenta.

«Niente. Solo un dolore improvviso. Sto bene.» Mi toccai di nuovo la tempia, ma l'agonia era svanita con la stessa rapidità con cui era comparsa.

«Stavi ricordando qualcosa?» Mirelle non batté ciglio.

«No perché?» Non era proprio una bugia. Dopotutto, era stato solo un lampo, non un ricordo.

Alzò le spalle. «È solo per l'espressione concentrata sul tuo viso. Ho un talento nell'aiutare le persone a concentrarsi. È un modo di respirare e di lasciare che la mente si rilassi.»

«Non ho bisogno di rilassarmi.»

Mi toccò il braccio. «Sei tesa come una *vipn*.» Ma rivolse lo sguardo a Bayla che piangeva in silenzio.

«Non ce la faccio. Non posso sopportare l'attesa.» La sua voce era così bassa e triste che mi si spezzò il cuore. «Ogni rotazione del pianeta dovrebbe diventare più semplice, ma invece diventa più difficile. Amo il mio compagno e i nostri due piccoli, amo Zandia e il mio lavoro è affascinante. Ma sto crollando dentro, pezzo dopo pezzo. Ho bisogno che le altre mie figlie tornino, oppure ho bisogno di sapere... che non ci sono più.» Tirò su con il naso e si asciugò gli occhi. «È una tortura.»

«Mi dispiace tanto.» La cinsi con un braccio e Mirelle l'abbracciò dall'altro lato. Eravamo un triumvirato di donne, legate insieme.

«Se riusciamo a creare il veleno» la voce di Bayla era

sommessa, «avremo un vantaggio sugli ocreziani. E ogni piccola cosa che possiamo fare per darci più potere è un passo avanti verso la riconquista del potere legittimo di Zandia nella galassia, seconda a nessuna specie. E questo mi avvicina a scoprire, imparare a conoscere le mie figlie. È tutto legato insieme.»

«Vorrei poter fare di più.» La tenni stretta. «Cercherò di concentrarmi di più, lo farò davvero, per vedere se ricordo qualche piccola cosa che Leylah ha fatto, o detto, che potrebbe far luce su come produrre la tossina.»

«Ti insegnerò a rilassare la mente» promise Mirelle.

«Quindi sei riuscita a vedere tutte le informazioni che c'erano sui dischi?» La voce di Bayla era impaziente.

«Mi dispiace, no. Ma ce li hanno loro. Sono sicura che te lo diranno quando... quando... sarà il momento giusto.»

«Sono sicura che semplicemente non volevano che ti preoccupassi eccessivamente» aggiunse Mirelle.

Ora mi sentivo doppiamente colpevole. Non solo avevo aumentato i livelli di stress di Bayla, ma avevo rivelato un segreto che non avrei dovuto dire. E non potevo dire loro quello che dovevano sapere sulla tossina. Perché avevo la sensazione che ogni successo che ottenevo fosse solo parziale? Perché non ci riuscivo completamente? Speravo che Leylah non avesse commesso un errore mandandomi qui. Mi sembrava di non concludere nulla.

Dovevo mettere le mani su quella moneta che mi aveva dato. Vedere se tenerla in mano e usare le tecniche di rilassamento di Mirelle potesse sbloccare qualcosa nella mia mente prima di darla a Lamira. Volevo mostrare a queste umane, dare a queste umane qualcosa di valore oltre ogni speranza. Speranza in un salvataggio, speranza in un siero: tutta la mia vita aveva avuto a che fare con la speranza. Mi aveva portata abbastanza lontano, ma era tempo per qualcosa di più tangibile.

Mi rivolsi a Bayla. «Puoi farcela» le dissi. «Puoi.» Le toccai il viso. «Sei più forte di quanto pensi.» Intendevo: Vita. Attesa. Lavorare per il futuro, per quanto nebuloso fosse.

Mi sorrise, un sorriso tremante. «Per fortuna noi esseri umani siamo duri.» Tirò su col naso. «Hai ragione. Possiamo farcela tutte. Insieme.» Prese la mia mano e quella di Mirelle. Stavamo vicine, le nostre spalle si toccavano, e sembrava che stessimo completando una sorta di circuito. Quando mi trovavo fianco a fianco con Rannah, eravamo legate dalla paura e dalla rabbia. Con queste umane sentivo un legame di forza.

«Ho bisogno di vedere Lamira» dissi loro. «Prima che scada la mia libertà vigilata. Presto.»

Questa volta nessuna mi chiese perché.

La risposta di Bayla fu veloce. «Vedrò cosa posso fare.»

* * *

Taisha

«Deve essere qui da qualche parte. Moneta, dove sei? Vieni da me» canticchiai in tono persuasivo, ma non trovai nulla di valore dove veniva conservato il cibo, sotto le coperte o lungo gli scaffali.

Sospirai frustrata. «A casa da sola, e niente da fare» brontolai, guardando fuori dalla finestra. Beh, a casa di Drayk... la mia residenza temporanea.

Era quasi sera e il sole zandiano mandava pigre guglie di luce che cadevano attraverso il vetro curvo, illuminando i cristalli appesi al soffitto e creando figure sparse per l'abitazione. Forse era una prigione, ma era certamente adorabile.

«Leylah, dimmi dov'è», sussurrai, ma non ottenni niente.

Se la mia mentore si trovava da qualche parte nell'aldilà, non mi stava mandando messaggi come quelli che riceveva lei. Oppure semplicemente non ero il giusto destinatario. Tutti i piccoli flash allettanti che avevo ricevuto finora erano state solo anticipazioni. Suggerimenti di come avrebbe potuto essere avere davvero la visione.

«Dove la terrebbe Drayk?» Mi guardai attorno, ma non c'era nessun altro posto dove guardare. Doveva averla chiusa altrove: al lavoro, a casa di un amico. Chissà dove.

«Dove terrebbe Drayk che cosa?»

«Ohh!» Squittii e saltai. Drayk mi era arrivato alle spalle. «Da dove vieni?»

«Una missione.» Mi osservò.

«Volevo dire, come hai fatto ad avvicinarti di soppiatto così silenziosamente?»

«Cicli solari di allenamento. Che cosa stai cercando?» Alzò un sopracciglio.

«Ah...» deglutii. «Materiali di studio? Non mi avevi promesso altre informazioni, eh, sulle tossine, sui serpenti e altro?»

Mi congratulai mentalmente con me stessa per la rapida copertura.

Lasciò cadere la borsa sulla porta. «L'ho fatto, ma ci vorranno ancora alcune rotazioni del pianeta. Hai mangiato?» Strizzò gli occhi. «Ho notato che le scorte non si sono ridotte drasticamente.»

«Perché ho mangiato con Bayla e Mirelle, questa rotazione del pianeta.»

«Di cosa avete parlato?» Si comportò con nonchalance.

«Roba umana, immagino. Da dove veniamo. Legami.»

«Hmm. Qualche altra cosa?» Adesso si stava arrotolando la manica sinistra.

Fui ipnotizzata dal suo forte avambraccio non appena comparve. «Oh, non ricordo. Solo cose a caso.»

«Cose a caso. Ma certamente non quello che hai fatto a Fonquin?» Fece un'ultima piega del tessuto e lo flesse. I suoi muscoli si tesero e i capezzoli mi si indurirono.

Ops.

«Ah. Mi avevi chiesto di non parlarne.» Avvolsi un ricciolo attorno al dito e lo lasciai rimbalzare indietro.

«Oh, piccola umana, non te l'avevo chiesto. Te l'avevo ordinato.» Si arrotolò l'altra manica. «Non è vero?» Si avvicinò a me, con fare da predatore.

«Forse. Immagino che sia giusto.» Feci un passo indietro e il cuore iniziò a battermi forte.

«Le tue congetture sono deboli per essere una che ha una tale attitudine all'inganno.»

«Tutti hanno una rotazione del pianeta storta.» Deglutii.

«Forse è vero. In effetti, in questa rotazione planetaria, le tue mutandine avranno una rotazione storta.» Schioccò le dita. «Toglitele e piegati sulla piattaforma del sonno.»

Squittii e portai la mano alla bocca. «Drayk!»

«La risposta corretta» – andò a prendere qualcosa in un armadietto – «è *sì, padrone, subito.*»

«Ho bisogno di tempo per apprendere queste nuove usanze» sostenni, continuando a indietreggiare. Cosa stava prendendo?

«Imparerai una certa usanza proprio adesso» concordò. «Ti aiuterò, perché è il mio lavoro.» Si guardò alle spalle. «Togliti i vestiti, Taisha. Tutti.»

* * *

Drayk

Non avrei dovuto essere entusiasta della prospettiva di

punire la mia piccola umana. Avrebbe dovuta essere una punizione. Seria. Severa.

Ma il mio cazzo non aveva ricevuto il messaggio. L'unica cosa a cui riuscivo a pensare era metterla a nudo.

Completamente.

Vederla tutta nuda.

Kazo, non vedevo l'ora di schiaffeggiare quella pelle.

Di colpirla...

No. Non avrei dovuto farlo.

Eppure, il dottor Daneth sosteneva che la punizione senza soddisfare il bisogno che ne derivava sarebbe stata crudele.

E avrei preferito tagliarmi le palle piuttosto che essere crudele con la mia bellissima femmina.

No, *non mia*.

Non era mia, non l'avrei tenuta. Non potevo accoppiarmici.

E fu lì che i miei pensieri vennero di nuovo deragliati dalla lussuria. Mi girai e ringhiai per quello che vidi.

Taisha si era spogliata. E se ne stava, modesta, davanti a me. Con modestia, tranne che per le dita piegate tra le gambe.

«Non toccare» sbottai. Mi uscì molto più duramente di quanto non intendessi.

Spalancò gli occhi e allontanò la mano.

«Pensi di meritare piacere dopo avermi disobbedito?»

Si inumidì le labbra con la lingua e il cazzo si sollevò contro i pantaloni. «Uhm... no, padrone.»

Feci un passo avanti. «No. Certamente non prima della tua punizione.»

La lingua uscì di nuovo dalla bocca. Volevo infilare il cazzo tra quelle labbra così tanto che quasi gemetti ad alta voce.

«E *se* poi riceverai piacere, sarà a mia discrezione. Non è vero, bellezza?»

Non le avevo mai dato un soprannome prima, e sentii un piccolo sussulto nel suo respiro per la tenerezza. Ebbene, come potevo non dirglielo? Lei era bella.

Deliziosa, in realtà. La sua pelle scura risplendeva di salute, il seno pieno era invitante. I capezzoli erano di un marrone più scuro, a guglia. Maturi e pronti ad essere succhiati.

«Sì, padrone» mormorò, spostando il peso da un piede all'altro.

Il cazzo pulsò e l'unica cosa che riuscii a fare fu buttarla sulla piattaforma del sonno e prenderla a lungo e duramente.

A chi fregava davvero se mi aveva disobbedito o no? E mi aspettavo davvero che non dicesse alle sue amiche umane qualcosa di enorme importanza personale? Se fossi stato onesto con me stesso, avrei ammesso che si trattava di un amo per una punizione certa.

Ma in qualche modo, non credevo che le dispiacesse.

Neanche un po'.

«C-come mi vuoi?» La sua voce era roca e dolce.

«Piegati sulla piattaforma del sonno, con le gambe divaricate» comandai.

Lei obbedì, offrendo il culo succoso, la prugna matura del suo sesso che gocciolava tra le gambe.

Lubrificai un pesante plug a bulbo, usato sulle femmine umane come punizione. L'avrei *fottuta* con quello.

«Quando fai la cattiva, piccola umana, lo prendi nel culo» le dissi.

Girò la testa di scatto e mi osservò con gli occhi spalancati. Strofinai del lubrificante extra sulla rosetta scura del suo buco del culo, poi ci spinsi contro la punta del plug.

«Apri, Taisha. Fai un respiro profondo.»

Invece chiuse le natiche, dimenandosi.

Le diedi una pacca sul culo, forte. «Obbediscimi.»

Stava ansimando. Ero abbastanza certo che non fosse per paura, ma per eccitazione.

Le colpii di nuovo il sedere e le allargai i piedi. «Aprilo. Subito.»

Espirò e rilassò i muscoli tesi. Spinsi lentamente il plug in avanti.

Gemette, poi strillò al punto più ampio. Quando si depositò alla base, gemette di nuovo.

«Le umane cattive si fanno scopare il culo quando vengono punite» le dissi.

«Sì, padrone» mormorò lei in accordo.

La sua compiacenza, il suo godimento resero tutto ancora più eccitante. Non sapevo come avrei fatto a trattenermi dal reclamarla prima di finire.

In realtà... forse sì.

«Taisha.» La mia gola era inspiegabilmente rauca. «In ginocchio, adesso. Dimostrami che ti dispiace.»

Lei capì immediatamente, scivolando giù dalla piattaforma del sonno e inginocchiandosi ai miei piedi. Liberai la mia erezione e lei aprì quelle labbra carnose.

«Ecco, bellezza.» Spinsi la mia palpitante virilità nella sua bocca.

Fece roteare la lingua nella parte inferiore, incavò le guance e succhiò quando mi rilassai.

«Brava ragazza» la lodai. Avevo già dimenticato la punizione.

Tutto ciò che mi interessava adesso era il modo in cui il cazzo le affondava nella bocca, l'incredibile piacere che mi attraversava.

«Taisha» mormorai. «È così bello. Bellissimo.» Stavo farfugliando. Presto avrei detto delle sciocchezze. Le tenni la nuca e spinsi più in profondità, dimenticando che il mio cazzo era troppo grande per la sua bocca.

Lei soffocò, ma non si fermò, continuando a tirare forte.

Lanciai una serie di imprecazioni e le scopai la bocca più velocemente, affondando le mani nei suoi riccioli stretti, dimenticandomi di essere gentile. Lo prese, i suoi grandi occhi castani sollevati e incollati al mio viso.

Gridai e raggiunsi l'orgasmo, uscendo per versare il mio sperma color arcobaleno sul suo seno.

Mi osservò, leccando la mia essenza dalle labbra.

Fui sopraffatto dal bisogno di darle la stessa soddisfazione che lei aveva dato a me. La presi in braccio e la lanciai sul letto, poi le tirai le caviglie in aria.

Le colpii il sedere esposto con uno schiocco e lei scalciò sorpresa. «Pensavi che mi sarei dimenticato delle sculacciate?» chiesi, anche se l'avevo quasi dimenticato anche io.

La sculacciai costantemente, scaldandole la pelle con i miei schiaffi, guardando la pelle color ebano diventare di una tonalità più violacea, come la mia.

E poi le lasciai cadere le caviglie e le allargai le ginocchia. Non vedevo l'ora di banchettare tra le sue gambe. Di mostrarle la ricompensa che stava ricevendo per essersi sottomessa alla mia autorità.

Urlò di piacere fin dalla prima leccata. Le tenni aperte le cosce e la aggredii con la lingua, le labbra, persino un'antenna. Non ci volle molto per portarla all'orgasmo, ma non mi fermai qui. Le pompai il plug dentro e fuori dal culo mentre le succhiavo il clitoride per portarla ad un secondo climax. Poi a un terzo.

Quando ebbi finito con lei, le sue urla erano diventate rauche e tutto il corpo le tremava e si afflosciava.

Me ne stavo sopra di lei, ansimando. «Hai imparato la lezione, piccola umana?»

Sorrise, stringendosi il seno. «Sì padrone»

Abbassai la testa di lato. «Sì, credo di sì.»

* * *

TAISHA

DRAYK SI ADDORMENTÒ sulla piattaforma del sonno, il suono dei suoi respiri lenti allontanò la minaccia di ogni incubo.

Tutto il mio corpo vibrava ancora per tutti gli orgasmi che mi aveva dato. Notai che non mi aveva ancora reclamata completamente.

Credeva ancora di non potersi accoppiare con un essere umano e mantenere la mente abbastanza lucida per essere un saggio giudice. Secondo me era una scusa pessima. Ovviamente non ero comunque autorizzata ad accoppiarmi. Non finché il mio periodo di prova non fosse finito.

Una parte di me non voleva che finisse. Non se ciò significava abbandonare la protezione di Drayk. Aprendo le porte agli uomini che chiedevano di condividermi. E su Zandia spesso accoppiavano una singola femmina umana con più maschi. Non riuscivo a immaginarlo.

Il pensiero mi spaventava.

Studiai il bel viso di Drayk nel sonno. La mascella squadrata e virile. La pelle viola liscia e senza peli. Era potente e compassionevole. Severo e giocoso. Poteva anche fingere che non gli importasse di me, ma ogni volta che mi toccava era esplosivo e sapevo di non essere l'unica a provare quella passione cruda.

Dormiva profondamente, il suo viso era finalmente rilassato. Era come se portasse sulle spalle il peso dell'intero pianeta. Anche quella borsa sembrava così pesante sulla sua spalla.

La borsa!

Cominciai a muovermi e lui mormorò nel sonno, si girò poi continuò a dormire.

Con il battito accelerato, scivolai silenziosamente fuori dalla piattaforma del sonno e mi diressi verso la porta. Mi guardai indietro, ma lui non si mosse.

Mi chinai e aprii la borsa. Non era bloccata; sebbene ci fosse un'area per il codice chiave, non era impostata.

Misi da parte un'unità di comunicazione, alcuni oggetti tecnici che non riconobbi, ed eccola lì: la mia piccola borsa marrone logora.

«Eccoti qui» sussurrai, e la tirai fuori dalla borsa. Andai in punta di piedi verso l'area di preparazione del cibo, che era nascosta dalla zona notte da un divisorio, e feci scorrere silenziosamente la borsa sul bancone. La nostalgia mi colpì forte, probabilmente perché la borsa odorava di legna da ardere e fuliggine, l'odore bruciato del legno duro che avevamo usato su Romon-3. E quello era l'odore di Leylah, che passava così tanto tempo a lavorare in caserma. Per un secondo pensai che sarei crollata per il dolore, per la perdita. Mi vennero le lacrime agli occhi e poi le asciugai. Inspirai. Leylah non avrebbe voluto che perdessi la concentrazione in questo modo.

«Per favore, per favore, fa che sia lì» pregai. Con mio assoluto sollievo e gratitudine, quando infilai la mano sotto i pantaloni di ricambio, eccola lì. La moneta.

«Grazie a Madre Terra.» La afferrai con la mano sinistra, proprio come avevo fatto su Romon-3 quando Leylah me l'aveva data. Quando avevo pensato che quell'oggetto mi avesse parlato.

Avrei dovuto nasconderla di nuovo, rimettere a posto la borsa e tornare sulla piattaforma del sonno. Ma non riuscii a resistere all'impulso di provare a dialogarci.

Mi sedetti a gambe incrociate sul liscio pavimento di marmo bianco e cominciai a respirare come mi aveva mostrato Mirelle. Poi ricordai come Leylah chiudesse gli occhi e sembrasse vacillare, così mi lasciai fare anch'io, continuando a stringere forte la moneta in modo che i suoi bordi mi penetrassero nella pelle.

Svuotai la mente e aspettai, ma non successe nulla.

Frustrata, ci riprovai. Strinsi la moneta e costrinsi la mia mente a svuotarsi. Lasciai che si riempisse di stelle, di luce, del rumore della cascata. Con la vita e tutto ciò che era bello.

«Insegnami qualcosa sulla tossina» implorai. «Oppure mostrami qualcosa di utile di qualsiasi tipo. Qualsiasi cosa.» Aspettai.

Ma non arrivò nulla.

Bene, avrei nascosto la moneta e avrei riprovato in seguito. Ma dove? Mi guardai intorno e il mio sguardo si fissò sul frutto. *Usa l'arancia. Lo farà anche lui.* Era questo che intendeva Leylah? Era strano e doveva essere significativo, perché c'era un'arancia proprio di fronte a me. Anche un po' rara: un regalo speciale inviato dalle umane che stavano provando a coltivare nuove piante da tutta la galassia.

Beh, era un ottimo nascondiglio e uno in cui Drayk non avrebbe mai controllato. Dato che gli zandiani non mangiavano come noi umani, non avrebbe mai esaminato il cibo che era qui per me.

Strappai la buccia dell'arancia matura con il dito e inserii la moneta in profondità nella polpa. Rimisi la mia borsa in quella di Drayk e cercai di sistemare le cose com'erano, poi strisciai di nuovo sulla piattaforma del sonno, con il senso di fallimento che mi premeva come una pietra. L'odore dell'arancia era come un profumo sulle mie dita, ma non riuscì a calmarmi.

Quella visione che avevo avuto delle figlie di Bayla: era solo la mia immaginazione che mi ingannava, voleva rappresentarli nella mia mente? Come se stessi creando un'opera d'arte? Non avevo modo di mostrarle l'immagine e vedere se corrispondevano alle sue vere figlie. Oppure era un messaggio reale, un dono, qualcosa che potevo rafforzare, se solo avessi capito come?

Forse potevo riprovare.

O forse dovevo solo portare la moneta a Lamira; dopo tutto, era comunque destinata a lei.

Speravo solo di poter far funzionare di nuovo la magia per me.

CAPITOLO QUATTORDICI

Z ander

«Hai un momento, mio signore?» Daneth si trovava sulla soglia della sala del consiglio dove stavo incontrando Seke, il mio maestro d'armi. La sua compagna dai capelli scuri Bayla era infilata sotto il suo braccio. Erano una coppia improbabile. O almeno così avevo pensato quando si erano accoppiati. Era vecchio quanto lo sarebbe stato mio padre, clinico, privo di emozioni. Si sarebbe potuto anche definire freddo.

Bayla era tutto il contrario: vibrante, giovane e fertile, con una naturale vivacità emotiva. Aveva sciolto il cuore congelato del mio medico. Lo aveva riportato in vita. Lo aveva reso padre, due volte adesso.

«Entra.» Piegai una mano sull'altra e appoggiai il mento sulle nocche.

Lamira li seguì e io le tesi il braccio. Lei venne al mio fianco e io la tirai su un ginocchio, mettendole il braccio intorno alla vita.

Daneth e Bayla si sedettero al tavolo. La pelle bianco latte di Bayla era più pallida del solito, la bocca serrata.

Ero sicuro di sapere già di cosa si trattasse. Soprattutto considerando che Lamira si era presentata per unirsi alla conversazione.

«Bayla ha sentito la notizia» disse chiaramente, senza preoccuparsi di spiegare quale notizia.

Quando il capitano Drayk era tornato con i file sulle figlie di Bayla, Daneth aveva deciso di tenere nascoste le informazioni alla sua compagna finché non fossero state esaminate. Non voleva che lei sviluppasse false speranze.

«Capisco.»

La bella umana alzò i suoi grandi occhi verso i miei. «Mio signore, è possibile? Trovare le mie figlie e portarle qui, a Zandia?»

«Capisco che questi siano i tuoi desideri, Bayla. Questo è il motivo per cui ci siamo impegnati in un'operazione potenzialmente dannosa dal punto di vista politico per ottenere le informazioni.»

Bayla arrossì e abbassò gli occhi, poi li alzò di nuovo, implorante.

Piegai la testa in direzione di Seke e lui parlò. «È difficile rintracciare gli schiavi prima che raggiungano l'età minima per lavorare stabilita dalla Galassia. Ora abbiamo i loro numeri di codice a barre. Sono sicuro che Daneth ti ha detto che li esamina continuamente nei suoi database.»

«E quando li troverete?» insistette. Di solito era la persona più riservata tra le umane del mio palazzo, ma avevo imparato che una madre umana avrebbe fatto qualsiasi cosa per i suoi piccoli.

«Cercheremo di acquistarli. Se questo non sarà possibile, discuteremo strategie alternative.»

«Tipo cosa?»

Daneth posò una mano sul braccio della sua compagna, in segno di avvertimento, ma lasciai correre.

«Li ruberemo, se necessario.»

Il corpo di Bayla si afflosciò per il sollievo, aveva gli occhi pieni di lacrime. «Grazie, mio signore.»

«L'operazione iniziale potrebbe avere già causato un danno politico irreparabile» mi avvertì Seke.

Lamira restò immobile. «Che è successo?»

«È stata archiviata una denuncia di furto galattico in base ai dati che abbiamo acquisito. Se riescono a identificare Taisha, l'agente umana che abbiamo inviato, ci saranno mandati di arresto nei suoi confronti. Non crediamo che riusciranno a rintracciarla su Zandia, ma se lo facessero, potrebbe diventare un incubo diplomatico» spiegò Seke.

«La rintracceranno a Zandia» disse Lamira.

«Come?» chiesi.

La mia compagna scosse lentamente la testa. «Non riesco a vedere.»

Intrecciai le dita. Stavamo assistendo a una possibile guerra, tutto perché il mio consulente scientifico voleva soddisfare la sua compagna umana. Eppure, non potevo negarglielo. Le femmine umane erano diventate parte di noi ormai. Erano la nostra famiglia. Erano zandiane. E gli zandiani si proteggevano tra loro, con onore e coraggio.

«Dimmi come evitare questa guerra» dissi a Lamira. Non aveva alcun controllo sui suoi doni, anche se erano diventati più forti da quando avevamo riconquistato Zandia e lei era vicina ai nostri cristalli. Ma avevo imparato che a volte si trattava solo di farle le domande giuste.

Lei sedette in silenzio, fissando il vuoto. «È inevitabile, mio signore. Le sorti non possono essere cambiate.»

Kazo.

Non era la risposta che volevo.

«Ma ciò non significa che perderemo. Vedo Zandia come una forza dirompente con molti alleati.»

«Allora affronteremo la situazione così come verrà» dissi.

* * *

DRAYK

«ALLORA, come va con la tua umana?» Tarak sorrise.

«Non è la mia umana» insistetti, anche se la mia mente si ribellò mentre pronunciavo queste parole. «Non parlare così.» Feci cenno con la testa verso l'altra stanza. «Altri potrebbero sentire e pensare che non mi sto comportando in modo responsabile come giudice.»

«Penso che gli altri diventeranno gelosi del fatto che tu possa vivere con lei e *scoparla* a ogni rotazione del pianeta, se lo vuoi.»

«Non la *scopo*!» Alzai la voce e, naturalmente, fu allora che alcuni esseri si voltarono, incuriositi. Abbassai il tono. «Perché non sarebbe...»

«Appropriato.» Completò la frase. «Ascolta, Drayk.» Si avvicinò e mi mise una mano sulla spalla. «Forse stai prendendo questa cosa del giudice troppo sul serio. Se hai un legame con lei, perché non lo accetti e ti accoppi con lei?»

Rimasi sorpreso. «Perché non posso essere attaccato. Devo restare lucido. Inoltre» mi accigliai «come hai giustamente sottolineato qualche tempo fa, re Zander probabilmente le assegnerebbe più compagni. Una volta che sarà libera di scegliere.»

Sbattei un'unità di comunicazione sulla console, sorprendendo entrambi. «Non sono il tipo che condivide.»

«Ci stavo pensando.» Annuì. «Ed è vero. Come mi hai detto una volta, degli altri zandiani sono compagni unici. Forse non dovrai condividerla.»

«Non ho intenzione di tenerla, quindi non ha molta importanza.» Mi sforzai di non reagire alle sue parole.

Prese l'unità, la girò tra le mani e premette il pulsante del sonar ottico sulle cuffie. Una serie di segnali acustici e lampeggianti indicarono che i segnali elettrici venivano inviati direttamente al lobo frontale. «Sembra che tu abbia rovinato il ponte raddrizzatore, lo manderemo in riparazione.» Alzò un sopracciglio. «Ricorda che anche Zander vuole che ripopoliamo. Un guerriero forte come te potrebbe sicuramente essere utile al nostro patrimonio genetico.»

«Perché non ti aggiungi tu al pool genetico e mi lasci in pace?» sbottai.

Il suo volto divenne inespressivo. «Tu lo sai perché» disse con tono freddo. «I miei geni sono inferiori. Sono cieco dalla nascita. Non rischierò di mettere un giovane zandiano nella stessa situazione.»

«Fratello, mi dispiace.» Mi allungai per dargli una pacca sul braccio. «Ho parlato senza pensare.»

«Accetto la mia situazione.» Si girò verso di me e, ero pronto a giurarlo, i suoi occhi, per quanto ciechi, sembrarono puntati direttamente nei miei. «E tu sei fortunato a poter scegliere la tua situazione, Drayk. La tua non è predestinata, come la mia. Quindi assicurati di decidere saggiamente e scegli una vita che andrà a beneficio di Zandia e di te stesso. Da quello che ho imparato, gli altri zandiani prosperano e aumentano la loro produttività solo quando si accoppiano con le umane. Perché tu dovresti essere diverso?»

Prese l'unità di comunicazione. «La lascerò all'officina.»

Quando arrivai alla riunione, ero riuscito finalmente a scacciare quella conversazione dalla mia mente. Quando re Zander ci richiamò all'ordine, tornai alla mia attenzione.

«Le tensioni con gli ocreziani stanno aumentando.» Il comandante Seke mostrò un'immagine olografica. «Abbiamo decodificato questa trasmissione da una nave ocreziana. Credono che abbiamo esseri umani sul pianeta che liberiamo e usiamo per l'accoppiamento, e che molte delle nostre umane siano state rubate a loro.»

Un mormorio si alzò nella stanza.

«Hanno qualche piano?» «Come lo hanno scoperto?» «Quanto è grave questa cosa?»

Re Zander alzò una mano. «Partiamo dal presupposto che abbiano imparato a intercettare i nostri messaggi, come facciamo noi con i loro. E potrebbero circolare voci su quando salviamo e compriamo esseri umani dalle aste di schiavi. Altri esseri riconoscono gli zandiani e se ne parla.»

«Non sappiamo se stanno progettando qualcosa.» Seke aggrottò la fronte. «Ma mentre facciamo ricognizione, dobbiamo evitare alcune aree target all'interno delle galassie locali dove hanno una forte attività. Grazie all'astronave che Mirelle e i suoi compagni hanno rubato loro, conosciamo la loro attuale tecnologia di occultamento e possiamo indivi-duare le loro navicelle. Ma dobbiamo mantenere un profilo basso ed evitare conflitti mentre pianifichiamo il da farsi.»

«E che mi dici dell'acquisizione umana più recente?» Un guerriero parlò dal fondo della stanza. «C'è stato qualche problema con il suo arrivo? È una buona idea averla sul pianeta?»

Girai la testa. «No. Si è intrufolata sulla nostra navicella e il suo precedente padrone su Romon-3 la crede morta. Ha partecipato ad una missione sulla via del ritorno verso Zandia ma non è stata rilevata. È un valore aggiunto per Zandia.» Ero rigido. Era mio compito interrogarla, non suo. E davvero, aveva fatto buone azioni. Mi stavo solo... assicu-rando che fosse pronta. Per il pianeta.

Il guerriero insistette. «Quindi è solo una coincidenza, che la sua sparizione e la loro aggressione siano avvenute in così rapida successione? Dovremmo rimandarla indietro?»

Ero pronto a ringhiare contro di lui, ma re Zander parlò e

io mi morsi la lingua. «Questa tensione tra Zandia e Ocrezia non è nuova. E non consideriamo mai alla leggera il ritorno degli esseri umani in schiavitù.» Il tono era di rimprovero, e il guerriero annuì in segno di scusa e abbassò lo sguardo. «Anche se scoprissero del nostro essere umano più recente, sarebbe solo un'ulteriore goccia nel loro mare di rabbia. Stiamo lavorando proprio adesso su una tossina che sarà fatale per gli ocreziani. Questo è un progetto top secret e non deve essere discusso o scoperto da nessuno su Ocrezia. Se sanno che stiamo lavorando su questo, è possibile che possano effettuare un attacco preliminare su larga scala, e i nostri attuali sistemi di intercettazione antiaerea e missilistica sono ancora in fase di completamento.»

«Quali sono gli ordini?» Il guerriero pose la domanda scottante che tutti portavamo nel cuore. «Che cosa dobbiamo fare?»

«Continueremo normalmente.» La voce di Zander era ferma e calmante. «Ognuno di voi farà il proprio lavoro. Vi impegnerete a fare pattuglie e missioni di salvataggio. Nella medicina e nella formazione. Nell'accoppiamento e nell'allevamento dei piccoli. Vivrete e sosterrete Zandia, come fate sempre. Inoltre, aumenteremo i nostri sforzi di monitoraggio e decifrazione del codice. E dedicheremo i nostri sforzi all'addestramento di nuovi capitani e combattenti della flotta. Riceverete una notifica quando sarete chiamati in servizio.»

Mentre la riunione si scioglieva, Zander mi fece cenno di restare. «Come va con Taisha?»

«Bene.» Cercai di mantenere la calma. Sicuramente Zander sarebbe stato dispiaciuto per la mia mancanza di autocontrollo con Taisha. Ma sapevo che potevo superare tutto questo, andare oltre. Prendere una decisione basandomi sui dati. Forse avrei dovuto consigliargli di scegliere qualcun altro per giudicare la sua idoneità per il nostro pianeta. Ma riuscii a malapena a percepire questo pensiero prima di scartarlo. La conoscevo meglio di tutti. Ero io quello che poteva scoprire i suoi segreti.

«La fine del suo periodo di prova si avvicina. Non hai visto nulla che le impedisca di ottenere asilo, vero?»

«No, mio signore» ammisi, anche se volevo insistere affinché ottenesse un periodo di prova più lungo. Avevo bisogno di più tempo con lei.

«Ho ricevuto più di una mezza dozzina di richieste di accoppiamento da vari gruppi. Se le venisse concesso l'asilo, preferirei integrarla nella società il prima possibile. Dopotutto» indicò la postazione dove erano state presentate le informazioni sull'ologramma, «c'è una crescente urgenza di far crescere i nostri ranghi.»

Lo guardai in cagnesco e mi convinsi che si stesse divertendo. «Credo che non abbia rivelato tutte le informazioni che conosce» sbottai.

Era vero. Aveva ancora dei segreti. Quelli che pensavo di averle estorto ormai.

«La maggior parte degli esseri umani non è in grado di rivelare tutti i propri pensieri e ricordi immediatamente dopo l'arrivo. Se li riteniamo adatti per Zandia, permettiamo loro di farlo nei tempi da loro stabiliti.»

«C'è qualcosa di critico. E basta... lo percepisco.» Mi irrigidii. Non sembrava provenire dal mio solito io logico. Io ero il tipo che faceva affidamento sui dati, non su sentimenti nebulosi.

«Come mai?»

Scossi la testa. «Il suo comportamento cambia quando le faccio certe domande. Il suo linguaggio del corpo mostra senso di colpa. Riguardo a qualcosa.»

«Cosa ti fa pensare che potrebbe essere pericolosa o una traditrice?»

«Niente. Ho solo bisogno di più tempo per scoprire cosa sta nascondendo.» Trattenni il fiato.

Il re inclinò la testa. «Il tuo tempo è quasi scaduto. Dovrai prendere una decisione.»

Alzai lo sguardo. «Quale decisione, mio signore?»

«Se desideri tenerla» disse con dolcezza.

CAPITOLO QUINDICI

Drayk

Non mi piaceva. Riportare Taisha sul pianeta dove era stata ridotta in schiavitù era un'idea orribile.

Ma il dottor Daneth e Bayla avevano bisogno di altre quantità del frutto del *wall-eck* e del veleno del serpente per cercare di replicare il veleno e, naturalmente, Taisha era l'unico essere che sapeva esattamente dove trovare queste cose.

Tuttavia, avevo avvertito tutti i guerrieri a bordo che, se Taisha fosse stata catturata, ci saremmo impegnati completamente nel recupero. Non mi interessava di usare tossine e farlo sembrare un incidente. Non me ne fregava un *kazo* se sapevano che erano stati gli zandiani a rubare dal loro pianeta.

Non avrei permesso che si riprendessero il mio piccolo essere umano.

Non quando sicuramente questo le sarebbe costato la vita.

O peggio ancora: una vita di torture.

«Ci avviciniamo allo spazio aereo di Romon-3. Controllate l'occultamento.» Parlò Domm, il compagno di Mirelle, in quanto capitano ufficiale di questa missione. Non lo aveva detto espressamente, ma temevo che il Maestro Seke non fosse sicuro che sarei stato abbastanza equilibrato da condurre questa missione con Taisha.

Gli avevo detto che non era la mia compagna e che le mie emozioni non erano influenzate, ma avevo visto il dubbio nel suo sguardo freddo. Così aveva raddoppiato le squadre a bordo: io e Tarak per gestire l'operazione in volo, Mirelle e i suoi compagni per portare Taisha a terra.

Strinsi il pugno e mi costrinsi a tornare ai pannelli e alle luci. «Siamo in posizione e l'occultamento è perfettamente funzionante. Ecco i loro segnali di ricerca» indicai lo schermo di Tarak, dove impulsi verdi si allontanavano a intermittenza da Romon-3 «che le nostre navicelle precedenti non sarebbero state in grado di evitare.»

Tarak annuì. «Ma con la nostra nuova tecnologia, possiamo regolare l'occultamento con le loro onde di potere per rimanere invisibili. Atterriamo tra tre... due... uno.»

Mirelle si girò verso Taisha. «Sei pronta?»

Il volto di Taisha era teso, ma annuì. Era così coraggiosa per un essere così sensibile, soprattutto considerando che soffriva ancora di stress post-traumatico dovuto alla schiavitù che aveva vissuto qui.

«Vado anch'io» dissi, deviando dagli ordini.

Domm alzò un sopracciglio ma, con mio sollievo, non rifiutò. Afferrai l'impugnatura della mia spada e seguii il gruppo a terra. Eravamo atterrati in una zona disabitata del pianeta, vicino a un boschetto di alberi di *wall-eck*.

Il frutto sarebbe stato la parte facile, era il veleno del serpente la parte difficile. Ma il dottor Daneth aveva detto che con una nuova fornitura probabilmente saremmo stati in grado di eguagliare la sua degradazione chimica.

Ero in modalità guerriero e osservavo tutto, mentre sorvegliavamo il perimetro e raccoglievamo frutta e semi, in modo che i nostri agricoltori umani potessero far ricrescere gli alberi su Zandia.

«Avevo ragione. Seguono lo stesso programma.» La voce di Taisha era bassa e tremante. «Non li vedremo affatto, gli ocreziani o… le mie amiche, le umane.»

E mi resi conto con un lampo di intuizione che non era del tutto contenta di questo fatto.

«È l'unico modo.» Feci cenno al mio soldato di chiudere il sacco pieno di frutti caduti. «Se ci vedono, siamo morti.» Lo dissi con voce piatta e ferma. «Non c'è tempo per delle deviazioni.»

«Lo so.» Si mise dritta. «È solo che...» Sembrò vacillare prima di raddrizzarsi. «Tornare qui è più difficile di quanto immaginassi.»

Ero diviso tra il desiderio assoluto di confortarla e la necessità di rispettare i tempi della missione. Le strinsi la mano. «Puoi farcela.»

Mi avvicinai e la guardai negli occhi. La sua pelle bruna brillò alla luce di questo sole, e i riccioli si mossero nella brezza, e desiderai toccarle il viso. Ma non potevo.

Non c'era tempo per consolarla, quindi sperai che le mie parole le trasmettessero quanta fiducia avevo in lei. «Dimmi dove trovare i serpenti. Tu sei l'unica che può farlo per noi. Per Zandia.»

Lei agitò una mano. «Preferiscono la terra soffice lungo il fiume. È lì che creano le tane e depongono le uova. Possiamo andare adesso, dato che tutti gli schiavi sono nel perimetro meridionale per il raccolto.» Indicò attraverso il paesaggio scintillante una linea di alberi lontani che si libravano all'orizzonte.

«Dietro il bosco.» Esitò. «Anche se le guardie continuano a fare il giro.»

Feci un cenno alla nostra guardia zandiana, che portava l'arma sulla spalla e che fece a sua volta un cenno a un commilitone, indicandogli di portare l'equipaggiamento richiesto da Taisha. «Andiamo. Seguire e proteggere.»

Taisha camminò velocemente, guardandosi intorno, imboccando una stradina oltre basse colline e dirupi rocciosi fino a raggiungere un'area erbosa che conduceva al fiume impetuoso. Poi si fermò di colpo.

«Stai bene?» Le toccai la spalla.

Lei restò immobile, fissando. «È qui che... è caduto. Quello che ho salvato. Dove lui, e più tardi io, siamo quasi morti.»

«Grazie a te, il fiume custodisce la vita.» Non sapevo da dove provenissero le parole. Erano poetiche oltre le mie normali capacità, ma le sentivo vere. «Non avere paura.»

Si girò e mi guardò negli occhi, e l'intensità del suo sguardo fu sorprendente. Annuì. «Grazie.»

Una guardia ci interruppe. «Un serpente!» Indietreggiò. «Attenti, è agitato.»

La creatura a strisce marroni e grigie, sinuosa, si arrotolò e sollevò la sua stretta testa triangolare, e una lingua rosso vivo sventolò in aria.

«Sì, è quello giusto.» La voce di Taisha era tesa. «Devi recidere la testa con un colpo solo. Almeno, è così che abbiamo sempre fatto. E per il bene di questo esperimento, dobbiamo replicare tutto il possibile.»

«Capito.» Gli occhi della guardia erano fissi sul serpente.

I guerrieri zandiani non avevano paura di nulla. Ma il serpente era una nuova entità per noi e non eravamo sicuri di come avrebbe potuto reagire.

Alzai una mano. «Osservalo prima di ucciderlo, così riuscirai a dare un taglio netto.»

La guardia annuì, poi alzò la spada. Esitò solo per una

frazione di secondo, e all'improvviso il serpente si allontanò, scomparendo in un piccolo buco nella terra.

Kazo. Ora dovevamo aspettarne un altro.

Passarono dei minuti e il sole iniziò a scendere più basso nel cielo.

«Dobbiamo trovarne uno» annunciai, guardandomi intorno. «Oppure andarcene.»

Ma non comparirono serpenti.

Taisha prese fiato. «Possiamo tirarli fuori» disse. «Sferza l'erba, così.» Usò le braccia come se mimasse una falce e mosse i piedi tra le zolle di terra. «Questo li infastidisce. È per questo che odiavamo lavorare in riva al fiume.»

«È troppo pericoloso per te» protestai, accigliato. «Non indossi indumenti protettivi...»

«Non abbiamo tempo. Guarda, ne prenderò uno. Vedrai. Venivano sempre in massa quando dovevamo lavorare qui... aaaee!»

Saltò indietro. Stelle, era il serpente più grande che avessi mai visto! Si impennò immediatamente, sibilando, e la guardia brandì la spada.

Ma Taisha scosse la testa. «La spada è troppo corta. Potrebbe trafiggerti con le sue zanne.» Poi, facendo un respiro profondo, allungò una mano. «Lascia fare a me. Lo farò proprio come è sempre stato fatto. Ma per favore passami quella zappa che giace accanto al vecchio tronco. Posso farlo solo con gli strumenti a cui sono abituata...» Mantenne lo sguardo fisso sul serpente, ma indicò dietro di sé, dove erano stati lasciati alcuni attrezzi, in attesa che le schiave ritornassero.

La guardia mi guardò. Annuii, quindi afferrò l'attrezzo di ferro e glielo porse.

E fu appena afferrato il rozzo attrezzo in mano che si mosse, veloce come un fulmine, girando le braccia e trafiggendo con la lama verso il basso. «Fatto! Guardate!»

Rise deliziata. «Ce l'ho fatta! Guardate lì.» Indicò, poi si girò a guardare me e la guardia, poi di nuovo il serpente, che si dimenava in preda alla morte. «Non lasciate che il veleno tocchi voi o i vostri vestiti. Mettete la testa nel sacco a prova di umidità, io getterò il corpo nel fiume.»

«Mi sento di dire che l'hai già fatto diverse volte.» Alzai un sopracciglio. Il cuore mi batteva forte di adrenalina e sollievo.

«Ancora meglio, guardate questo.» Si mise in ginocchio e raccolse la terra con le mani. «Uova. Prendete anche queste. Possiamo farle schiudere e allevarli su Zandia.»

«Grazie *kazo,* meno male che ti abbiamo portata» mormorai. Senza la sua guida non avremmo mai trovato i serpenti e le uova così velocemente. «Ogni volta mi sorprendi con il tuo ingegno.» Per l'unica vera stella zandiana, era un dato di fatto: questa umana faceva qualcosa di fantastico ogni volta che glielo chiedevamo.

Ma ero ansioso di riportarla in salvo. Nessuno di noi era al sicuro qui, ed era fondamentale che ce ne andassimo prima che qualcuno sapesse che eravamo stati sul pianeta.

Mentre ci avvicinavamo alla nostra navicella, Taisha si guardò alle spalle. Come se desiderasse contro ogni speranza di poter vedere le sue amiche solo una volta.

Le toccai il braccio. «È così che le aiuti. È l'unico modo.» *Kazo,* se fosse stato possibile, mi sarebbe piaciuto massacrare tutti i signorotti ocreziani qui e salvare ogni singolo essere umano.

Ma non era questo il momento.

«Lo so. Solo... spero che stiano bene» sussurrò. Il desiderio nel suo sguardo mi fece venire voglia di attirarla tra le mie braccia.

Ma la mia coraggiosa umana raddrizzò le spalle e iniziò ad avvicinarsi alla soglia e fu proprio in quel momento che un ocreziano uscì da dietro l'ala della nostra navicella.

Sfoderai la spada nello stesso momento in cui passai la gamba sotto i suoi piedi per buttarlo a terra. Mentre cadeva, mi resi conto che era basso di statura. Piccolo per essere un ocreziano. La punta della mia lama trovò il punto, appena sotto il mento del maschio.

«No. Aspetta!» La voce di Taisha risuonò forte e vera. Gli altri guerrieri con me avevano tutti sguainato le spade e puntato le pistole laser. L'ocreziano non aveva alcuna possibilità contro di noi e, da quello che potevo dire, sembrava essere solo.

«Ritirate le armi. Non fategli del male» gridò Taisha. La sua voce era così sicura, così pura. Non l'avevo mai sentita così. E standosene lì, con i suoi riccioli scuri intorno alla testa come un'aureola, la sua figura gloriosa dritta e alta, era come una dea dell'antica mitologia.

«Non hai autorità...»

Interruppi Domm. «Lasciala parlare.» Nemmeno io avevo alcuna autorità; era lui il capitano. Ma non dubitavo di lei.

«Conosci questa guardia, Taisha?» Lei venne accanto a me, il suo corpo sfiorò il mio.

«Non è una guardia. È il figlio del mio padrone.»

«Il giovane di cui mi hai parlato?»

«Sì. È l'unico essere vivente che mi ha visto lasciare Romon-3. Non ci farà del male.»

«Come puoi esserne così sicura?» chiese Domm.

«Mi fido del suo giudizio.» Era altrettanto scioccante per me che un ocreziano sapesse che lei aveva lasciato Romon-3. Questo era quello che mi stava nascondendo. Ma sapevo anche quanto apprezzava il suo legame con Leylah.

«Mi fido di *lei*.» Ed era vero. Sapevo nel mio cuore che Taisha era un essere buono. Se lo aveva tenuto segreto, doveva esserci un motivo.

«Il suo nome è Marshan. Gli ho salvato la vita una volta, e

poi lui ha salvato la mia. Mi ha lasciata scappare da Romon-3 e ha mantenuto il mio segreto. Mi ha coperta.» Fece un passo avanti e offrì la mano all'ocreziano. «Non credo che abbia intenzione di farci del male.»

«Tutti gli ocreziani significano danno per noi. Se la pensi diversamente, è un trucco o un errore» disse Mirelle, parlando chiaramente della sua esperienza.

«Sono d'accordo. Non possiamo seguire il tuo istinto su questo.» Domm sostenne la sua compagna.

Il mio istinto era allineato a quello di Taisha, ma la logica mi rendeva insicuro.

«Non sono qui per fermarvi.» Il giovane parlava ocreziano, ma con uno strano sottotono musicale. Quando guardai più da vicino, vidi qualcosa di diverso nell'area degli occhi, che erano stranamente blu e più ovali rispetto ai tipici tratti di Ocrezia.

«Marshan.»

«Taisha.»

I due si fissarono e tutti trattenemmo il fiato.

«Cosa ci fai qui?» chiese Domm.

«Desidero lasciare Romon-3 con voi. Devo lasciare Ocrezia.» Si indicò il petto, dove brillavano gli stemmi. Mentre guardavamo, li strappò dal giubbotto e li gettò a terra. «Rinuncio allo stile di vita ocreziano. Faccio parte di Wark e desidero unirmi alla loro coalizione.»

Tutti gli esseri rimasero sbalorditi da questo sviluppo.

«Wark?» Mi chinai in avanti per esaminarlo meglio.

Poi lo vidi. «I tuoi occhi. Non sono ocreziani.»

Inclinò la testa.

Taisha sussultò. «I tuoi occhi sembravano un po' diversi al fiume. Ma eri ocreziano. Ora sei cambiato.» Fece un passo avanti. «Come è avvenuto?»

Alzò il mento. «È nei miei geni.»

«Spiegati.» La voce di Domm era brusca. «Perché a me

sembra assurdo. Come può un ocreziano trasformarsi in un altro essere?»

Marshan si toccò il viso. «Non sapevo di non essere un ocreziano purosangue. Che mia madre fosse wark. Tutto quello che sapevo era che mi sentivo diverso, anche se assomigliavo a tutti gli altri, e che mio padre diffidava di me.»

Ero incantato. Non avevo mai sentito parlare di una cosa del genere.

«I geni wark non sempre si esprimono in un mezzosangue, ma rimangono dormienti fino alla pubertà. Poi o muoiono quando il giovane raggiunge la maturità, oppure prendono il sopravvento. Di solito muoiono se un essere con i geni wark viene allevato come una specie diversa. Mio padre aveva intenzione di trasformarmi in un ocreziano a tutti gli effetti, dato che sono il suo unico figlio, e lui non è in grado di generarne altri. Ha ucciso mia madre e preso una femmina ocreziana per allevarmi, sperando che i miei geni non si esprimessero.»

Per quanto odiassi gli ocreziani, provai una certa simpatia per la sua situazione, soprattutto perché sembrava, contro ogni previsione, che dopo tutto non fosse davvero ocreziano.

Lui continuò. «Ma non ha avuto successo. La rotazione del pianeta in cui Taisha mi ha salvato dal fiume, ho scoperto che c'era qualcosa di diverso in me - qualcosa che mi piaceva - e desideravo liberare quella cosa. Da allora, ad ogni rotazione del pianeta, sento la presenza wark più pienamente nel mio corpo. Devo scappare prima che se ne accorgano e mi uccidano.»

«Sapevo che c'era qualcosa in te. L'ho sentito nelle ossa.» Taisha sussurrò le parole. «È per questo che mi hai salvata.»

«È per questo che tu mi hai salvato.» Lui sbatté le palpebre, gli occhi carichi di un'espressione intelligente. «Potevi dire che ero diverso, quasi prima che me ne rendessi conto io stesso.»

Poi sollevò qualcosa. «Leylah ha detto di mostrartela quando sarebbe stato il momento. Mi ha detto di tenerla dentro un frutto arancione, per renderla lucida. Perché si abbinasse. Ha detto. Non ho capito.»

«Leylah ti ha parlato?» Taisha tremò. «Quando?» I suoi occhi, ancora puntati su Marshan, si riempirono di lacrime.

«La rotazione del pianeta in cui è morta. Quella in cui sei andata via. Mi ha trovato da solo e me l'ha messo in mano.» Porse l'oggetto a Taisha.

Taisha aprì le dita, come un fiore che si schiudeva, per rivelare una moneta. L'avvicinò alla sua e vedemmo le due monete. Identiche.

«Ne aveva due» sussurrò Taisha. «Non ne avevo idea.»

«Come sapevi che saremmo stati qui?» chiese Domm. Dopotutto, l'essere era solo un ragazzino.

Marshan scosse la testa. «Leylah mi ha detto che l'avrei saputo quando sarebbe arrivato il momento. Ed è così.»

Era una cosa stranissima, ma mentre parlava, il suo viso sembrò luccicare e cambiare. Uno scherzo della luce? Nei pochi minuti in cui avevamo parlato con lui, la sua mascella sembrò più stretta. La pelle era diventata di un blu più chiaro, invece che di un grigio puro.

Sussultò. «Vi prego... mi portereste a Wark?» Alzò la testa e incrociò lo sguardo con Domm. «In qualche rotazione del pianeta saremo vostri alleati in questa galassia. Ma ho poco tempo. La mia metamorfosi sta accadendo velocemente da quando l'ho riconosciuta e le ho permesso di procedere. Devo arrivare lì così che possano aiutarmi a controllarla. Morirò senza un intervento adeguato. C'è un rituale...»

«Non ne ho mai sentito parlare.» La voce di Domm era piena di meraviglia. Dubbio. Confusione.

Anche io provavo tutte quelle cose. «È possibile che sia vero? È un trucco?»

Poi guardai di nuovo Taisha. Il suo viso era pieno di fiducia. «Non è un trucco.» Ne era assolutamente sicura. «Questo è ciò che intendeva Leylah. Non avrebbe potuto sapere dell'arancia a meno che lei non glielo avesse detto. E lei non glielo avrebbe detto a meno che non lo avesse voluto. Non era il tipo da fornire informazioni in nessuna circostanza.»

«Se fosse stata torturata?» Poteva essersi inventato tutto. Potevano essere immagini ingannevoli.

La voce di Domm cambiò, come se credesse già a Marshan. «Sembra ancora meno ocreziano di prima. Stelle.»

Marshan si sporse in avanti. «La mia vita è nelle vostre mani.» Alzò le sue. «Vi prego, risparmiatemi.»

«Cosa sappiamo di Wark?» Ci rivolgemmo l'uno all'altro, incerti su cosa fare.

«Non sappiamo nulla di loro. Solo che si dice che siano una razza che vive lontano, una razza finora neutrale, ma che disprezza la schiavitù e coloro che vi si dedicano. Dovrebbero essere dei geni. Se sono reali.»

«Siamo reali.» Marshan sorrise debolmente. «Ve lo posso garantire.» Si toccò il viso. «E la schiavitù è qualcosa che disprezziamo, poiché crediamo nella libertà per tutti gli esseri.»

«Abbiamo bisogno di indicazioni da Zander. Chiamalo con il comunicatore.»

Ma non riuscimmo a raggiungere il nostro re. Era troppo lontano e le eruzioni solari stavano bloccando le trasmissioni verso casa. «Dobbiamo prendere questa decisione da soli.» Guardai Domm. «E subito.»

Domm mi guardò. «Ti fidi di lei? Perché io mi fido di te.»

Annuii. «Sì.» Guardai Taisha e le rivolsi un sorriso. «Incondizionatamente.»

Domm lanciò uno sguardo al nostro gruppo: a me, agli altri, a Taisha. Il suo sguardo si fissò su Mirelle, che non era solo un membro della sua squadra, ma la sua compagna. Il suo amore. Quella a cui era legato. Potevo solo immaginare la confusione che stava attraversando il suo cervello in questo momento, poiché doveva prendere una decisione che coinvolgeva la sicurezza non solo di noi su questa navicella, ma di tutta Zandia, ora e in futuro.

Gli avevo detto quello che potevo. Annuii, per incoraggiarlo.

Fece un respiro profondo. Guardò Marshan. Alzò un pugno con il braccio piegato al gomito nel saluto formale zandiano. «Ti daremo un passaggio sicuro. Giura che sei nostro alleato ora e in futuro.»

Marshan alzò il pugno nello stesso gesto. «Lo giuro.»

«Allora andiamo via da questo pianeta abbandonato dalle stelle.» Domm indicò il portellone.

Presi il wark per la spalla e lo accompagnai dentro.

«Ora dobbiamo lasciare immediatamente questo spazio aereo.» La voce di Tarak esprimeva urgenza. Riconobbe il nostro nuovo passeggero con un vago cenno del capo. «Non possiamo permetterci di essere visti.»

«Fallo. Subito» dissi.

La navicella si bloccò e poi sobbalzò e il mio corpo ebbe la sensazione di collassare in un buco nero e allo stesso tempo di espandersi in una colonna di luce. In una frazione di secondo ci ritrovammo a milioni di anni luce di distanza.

Quando fummo al sicuro lontano da Romon-3, Domm mi guardò. «Sembra che abbiamo un nuovo alleato contro Ocrezia.»

«Sì.» Guardai Taisha, legata al suo posto accanto a Marshan, mentre lo coinvolgeva in una conversazione.

Gli occhi di Domm sembravano profondi e stanchi, ed ero certo che stesse pensando a ciò che avrebbe detto al nostro re: questa strana e straordinaria svolta degli eventi.

Ma sapevo che avevamo fatto la cosa giusta. Lo vidi sul

viso di Taisha, quando mi guardò dall'altra parte della navicella.

Lei confidava in questa intuizione della sua indovina, Leylah. Possedeva un intuito umano, proprio come la nostra regina. Qualunque abilità si nascondesse nel suo fragile corpo umano, la rendeva miracolosa. Mi colpì all'improvviso quanto fosse stato geniale re Zander. Come aveva potuto intuire per la prima volta che gli umani potevano portare a Zandia tali doni? Che collaborando con la loro specie avremmo potuto ottenere molto di più di quanto avremmo fatto da soli?

Provai una tale ondata di emozioni che quasi sbandai, stordito per un momento. Ciò che avevo fatto lì, garantire per lei senza fornire dati, era stato diverso da qualsiasi altra azione nella mia vita. Quindi illegale. Ma sapevo che era completamente giusto. E stasera avrei fatto capire a Taisha quanto significasse per me.

CAPITOLO SEDICI

T*aisha*

«Finché non distilleremo il veleno del serpente e non ne scomporremo la composizione chimica, avremo siero sufficiente solo per un altro tentativo» mi disse Bayla in laboratorio nella successiva rotazione del pianeta.

Capivo che la decomposizione della miscela chimica avrebbe potuto richiedere settimane, persino cicli lunari.

«Sarebbe bello se potessimo capirlo prima...»

«Perché non funziona? Abbiamo tutte le tossine giuste e il frutto del *wall-eck*. Non capisco.» Alzai la voce per la frustrazione. Non appena eravamo tornati su Zandia con Marshan, si era formata una nuova delegazione per riportarlo sano e salvo a Wark e stabilire un'alleanza diplomatica con loro. E mi ero subito messa al lavoro in laboratorio, usando il veleno e il frutto di Romon-3 per provare a duplicare le creazioni di Leylah. «Speravo che potessimo farlo subito. Al primo tentativo. Come ha fatto lei.»

Mi guardai intorno nel laboratorio, che era diventato una seconda casa. Ora avevo familiarità con i microscopi e le fiale di estrazione, molto più raffinati di qualsiasi cosa avesse usato Leylah. Tuttavia, non eravamo stati in grado di replicare la sua formula. Tutta questa tecnologia non poteva imitare quello che aveva fatto lei davanti a quel fuoco tremolante, con strumenti rozzi.

«Lo otterremo attraverso tentativi ed errori.» La voce di Bayla era calma, ma riuscii a percepire la sua tensione dietro il tono gentile. Sapevamo tutti quanto fosse fondamentale realizzarlo, e velocemente.

«Non so cosa mi sto perdendo.» La rabbia e il dolore mi si gonfiarono nel petto.

Sospirai. Poi infilai le dita in tasca e toccai la moneta. Finora non mi aveva aiutata a vedere più lontano di quanto avrei potuto vedere con i miei occhi, ma era diventata un'abitudine. La strinsi forte, cercando di sfogare la rabbia.

«Cerca di ricordare tutto quello che ti ha detto. Tutto ciò che sembra utile.»

Tutto ciò che sembrava utile. Non era quello che avevo fatto, ogni singolo giorno, da quando ero arrivata? Ciò che mi distraeva oggi, a parte i nostri deludenti risultati in laboratorio, era che re Zander non mi aveva ancora concesso l'asilo.

Ero così sicura che dopo l'ultima missione, quando ero tornata su Romon-3 e avevo ottenuto gli aspidi, e poi avevo contribuito a costruire la coalizione con Marshan, Drayk avrebbe immediatamente presentato una petizione per la mia libertà.

Ma non l'aveva fatto. Non sapevo cosa dovessi fare, ma chiaramente volevano di più da me. Il siero doveva essere la cosa giusta.

Ero così stufa di vivere al limite, senza sapere cosa mi avrebbe riservato il futuro. Non avevo fatto abbastanza qui per dimostrare il mio valore?

«Ci sto provando.» Le lacrime mi riempirono gli occhi

all'improvviso e le ricacciai allarmata. «Mi dispiace. Questo non aiuta.»

Bayla sospirò, posò gli attrezzi e si tolse i guanti. «Oh, dolce Taisha. Ne hai passate così tante. So quanto lavori duramente.» Era come se potesse leggermi nella mente e sapesse che avevo bisogno di una sorta di affermazione. «Tu sei l'argomento centrale di Zandia, con le cose che hai realizzato. Sei un grande vantaggio per il nostro pianeta.»

Tirai su col naso. «Eppure sono ancora in detenzione.»

Distolse lo sguardo. «Sono sicura che sia solo una formalità a questo punto.» Mi diede una pacca sulla spalla. «Sei apprezzata, Taisha. Da me e da tanti altri.» La sua voce era seria. «Per favore, tienilo a mente. È solo questione di tempo.»

«Ho una tale rabbia contro gli ocreziani. Se solo potessi imbottigliarla, sono sicura che potrei farne cadere mille in un solo secondo. Non ci sarebbe nemmeno bisogno di questa stupida pozione.» Mi colpii la testa con entrambe le mani e gemetti.

«Taisha, fermati!» Rise ma aveva un'espressione un po' allarmata. «Li odiamo tutti. Ma sai cosa? Amiamo te. Zandia ti ama.»

«Sì? Davvero?» La fissai.

«Cosa ho appena detto su quanto sei fantastica?» Alzò gli occhi al cielo.

Stavo per dire: «Ma Drayk non mi ama.» Ma non era questo il momento. E onestamente, ero pienissima di emozione nel sentire che venivo apprezzata.

Sorrisi a Bayla e all'improvviso mi tornarono in mente le parole di Leylah. «L'amore è più potente dell'odio.»

«Cosa c'è?»

«Leylah ha detto che possiamo andare più lontano con l'amore che con l'odio. Questo è quello che dovevo ricordare, credo.» Un flash. Qualcosa mi tornò in mente, accenni di ricordi che guizzavano tra macchie di viola e di azzurro.

«In che modo questo ci aiuta?» Bayla scosse la testa.

«Forse mi sono concentrato sulla cosa sbagliata.» Toccai di nuovo la moneta. Era fredda e infruttifera, quindi allungai la mano e presi quella di Bayla. «Non so cosa sto facendo» ammisi. «Ma qualunque cosa facciamo, concentriamoci sulle persone che salveremo. Aiuteremo. Non su quelli che ci hanno fatto del male.»

Mi guardò sbattendo le palpebre. «Non è quello che stiamo già facendo?»

«Forse tu. Io no.» Chiusi gli occhi. Mi permisi di sentire l'amore per Leylah e di scacciare la rabbia che accompagnava quei pensieri. Pensai a come mi faceva sentire Drayk quando mi teneva di notte, avvolta tra le sue forti braccia. Mi concentrai su Bayla e su come anch'io le volessi bene e su quanto fosse importante trovare le sue figlie.

La mia mente turbinò e si riempì e all'improvviso fu come se fossi di nuovo nella caserma con Leylah. Tutto il mio corpo si riempì di calore, di tanto calore.

Calore.

Aprii gli occhi. «Il calore! Dobbiamo riscaldare la soluzione mentre mescoliamo. Questa è la parte che ho dimenticato.»

«Madre Terra!» La voce di Bayla tremò per l'eccitazione. «Facciamolo. Quanto caldo?»

Scossi la testa. «Caldo come se ci fossero tre carboni ardenti, fin qui, sotto una fiala di vetro.» Mostrai la profondità con le dita. «Non conosco i numeri, ma posso replicarli esattamente. Ti mostrerò come ha fatto Leylah.»

«Convocherò il dottor Daneth. Ci aiuterà a verificare i calcoli. Voglio ricontrollare e triplicare questo.»

Dopo pochi istanti arrivò il suo compagno, camminando velocemente. Rifece le nostre equazioni e annuì. «È giusto.»

Trattenni il respiro mentre Bayla si metteva guanti e occhiali e mescolava gli ingredienti sul fuoco, una fiamma bianca pura che bruciava dal gas compresso che veniva convogliato nel laboratorio dalle profondità del sottosuolo.

Mentre guardavo, il colore cambiò e improvvisamente corrispose alla soluzione nelle fiale che avevo portato con me. «Fermi. È pronta.»

Bayla rimosse il contenitore con una pinza di metallo. «Eccolo qui, allora.»

«Vedi se corrisponde.» Il dottor Daneth si sporse in avanti.

Bayla mise una goccia di liquido nella macchina GC e questa iniziò a ronzare. «I dati.» Indicò. «È una soluzione perfetta. Guarda, l'impronta chimica è identica a quella che ha portato.»

«Ce l'abbiamo fatta!» Il dottor Daneth registrò tutte le informazioni sul suo comunicatore da polso. «Avvertirò immediatamente re Zander. Deciderà se e quando impegnarsi nella produzione massiva.»

Bayla chiuse e ripose con cura tutti i contenitori, gettò i guanti e si pulì le mani.

Il viso le brillava mentre si girava verso di me. «Taisha, ce l'abbiamo fatta!»

Tremavo di felicità. «Ce l'abbiamo fatta. È un miracolo.»

«No. È il frutto dell'umanità e dell'ingegnosità zandiana.» Mi abbracciò. «Tu te lo sei ricordato. Io l'ho creato, utilizzando le tue istruzioni. Il dottor Daneth ha fornito la chimica e le conoscenze di base per renderlo possibile. È stato un lavoro di squadra.»

Contraccambiai l'abbraccio. «Vai con lui. Finirò qui e tornerò al mio domicilio.»

«Sei sicura?» Ma voleva andare con lui. Tutto il suo corpo era inclinato in quella direzione.

«Prometto che andrò direttamente a casa. Non farò nulla

che Drayk disapproverebbe.» Recentemente mi aveva permesso di camminare da sola. Ero come una ragazzina che stava crescendo. Sorrisi e le feci l'occhiolino.

Fece una smorfia, come se volesse dire qualcosa, ma poi si limitò ad annuire. «Mi fido di te. Grazie.»

Corse fuori.

Rimasta sola, ero ancora euforica. Poi, una sensazione di malessere mi riempì. Perché non ero riuscita a ricordare prima? Era una parte così ovvia del processo. Come avevo potuto dimenticarla? Beh, almeno alla fine l'avevo capito... questo doveva importare!

Feci un lungo respiro. Forse questa era una prova sufficiente per re Zander che ero una scommessa sicura per Zandia. Se le stelle lo avessero desiderato, avrebbe deciso che non ero una minaccia per questo pianeta, perché a questo punto non credevo che ci fosse altro che potevo fare per dimostrare il mio valore.

Un suono sferragliante mi spaventò e mi guardai intorno.

Era solo la valvola del gas. Che vibrava.

Ma valvole come questa non avrebbero dovuto davvero vibrare. Soprattutto non avrebbero dovuto tremare, come se stessero cercando di trattenere una forza troppo potente. Mi allungai per chiuderle. Avrei detto a Bayla e al dottor Daneth che andavano controllate l'indomani...

Ci fu un suono enorme, come una bomba, e la mia vista divenne di un bianco puro, come la neve, come se stessi guardando il sole. Fuochi d'artificio urlarono intorno a me e poi vidi flash di rosso lampeggiare. Urlai, ancora e ancora, e poi tutto divenne buio.

CAPITOLO DICIASSETTE

rayk

«Che cos'è stato?» Il *boom* risuonò come un boato. «Non sono previsti addestramenti con munizioni in questa rotazione di pianeta.» Lanciai un'occhiata verso la finestra del palazzo. «È preoccupante.»

Re Zander mi si avvicinò. «Sembrava un'esplosione.»

«È strano.» Bayla aggrottò la fronte. Ci stava proprio raccontando, con il dottor Daneth, della tossina. Di come lei e Taisha avevano finalmente replicato la formula di Leylah. «Sembra...» Impallidì. «Oh, Madre Terra, era il laboratorio?» Un colpo. «Taisha è ancora lì.»

«La valvola del gas.» La voce del dottor Daneth era agitata. «Deve aver ceduto. È l'unica cosa lì dentro che potrebbe causare un boato così forte.»

«Vuoi dire che il laboratorio è esploso?» Non potevo credere a quello che stavo sentendo. «Taisha!» Urlai il suo nome, correndo fuori dal corridoio.

Quando raggiunsi il laboratorio, a poche centinaia di metri dal palazzo vero e proprio, gli esseri stavano già brulicando. C'era una squadra antincendio, ma mi interessava solo un essere umano.

«Taisha!» ruggii. «Dove sei? Taisha!»

Mi intromisi tra le macerie, gettando da parte le travi che un tempo costituivano le pareti e incorniciavano il soffitto.

«Taisha, dove sei?»

Kazo, non la vedevo da nessuna parte. Il mio piccolo e coraggioso essere umano. La mia femmina.

Si sentii un rombo e un altro muro crollò.

«Taisha!»

Sentii un gemito sommesso e mi lanciai sul metallo e sull'intonaco per arrivarci.

Dove avrebbe potuto essere?

«Taisha? Dove sei?»

«Drayk!» Un verso sottile che sembrava provenire da sotto il pavimento.

Scrutai attraverso il fumo e le fiamme, ma non vidi nulla.

«Drayk. Qui sotto.»

«Dove sei, Taisha?» Sollevai un mobile caduto. Oh *kazo*.

Sotto, intrappolata, giaceva lei. Era così immobile, con gli occhi chiusi, e ricordai quella scena terribile di Fonquin, dove aveva lasciato che il comunicatore e i dischi le bruciassero tra le mani per poter salvare la missione. La mia dolce e coraggiosa femmina.

Con un ruggito, tirai via il suo fragile corpo e la presi tra le braccia. «Non di nuovo» gemetti. «»Dimmi che stai bene.»

Sbatté le palpebre. «Sto bene» disse con voce strozzata.

«No, non è vero» la contraddissi, uscendo il più velocemente possibile dalle macerie. «Va bene, Taisha. Dimmi dove ti fa male.»

Tossì. «No davvero. Sto bene. Ero solo spaventata. Essere intrappolata mi ha ricordato di essere quasi morta sulla tua navicella. Ma sapevo che saresti venuto a cercarmi.»

«Certo che sono venuto.» Le toccai i capelli, scostandole

un ricciolo dal viso. Le coprii la guancia. «*Kazo*, stai sanguinando. Devo portarti in infermeria.»

«Sto bene, davvero. Ho solo questo.» Si toccò la tempia sanguinante e sussultò. «Ma è solo un graffio. Voglio andare a casa.»

Casa.

Qualcosa mi si contorse nel petto. Aveva chiamato il mio domicilio *casa*.

Questo era ciò che facevano gli esseri umani: si legavano. Si insediavano. Si avvicinavano. Avevo resistito al suo tentativo di legarsi, e per quale motivo? La mia carriera?

Avevo pensato di averla persa durante questa rotazione del pianeta e la sensazione era stata insopportabile.

Se fosse morta non sarei potuto andare avanti. Tutto ciò che avevo ritenuto così importante – l'onore, il lavoro, persino il bene più grande degli zandiani – non aveva importanza.

Niente era più importante di questa bellissima donna tra le mie braccia.

«Ti porterò a casa, piccola umana» le promisi, dirigendomi verso il mio velivolo. «Ti porto direttamente a casa.»

Appoggiò il viso contro il mio collo, rannicchiandosi contro di me, e mi sentii come se tutto andasse bene nel mondo.

* * *

Taisha

Drayk mi portò a casa sua, ma si rifiutò di mettermi giù. Dopo avermi portata in dispensa e aver recuperato un pacchetto di succhi dolci e un frutto, si sedette sul divano con me in grembo, dandomi da mangiare.

«Sto bene» gli dissi, allungando una mano per accarezzargli la mascella liscia. Era strano come gli zandiani non avessero peli sul viso, a differenza dei maschi umani. «Giuro.»

Aveva ancora la fronte aggrottata, da quando mi aveva trovata tra le macerie. Mi guardò con un'espressione tormentata. «Avresti potuto rimanere *uccisa*, Taisha. Non so come ti sei salvata.»

Sorseggiai il tubo del succo.

«Avrebbe potuto succedere. Ma non è andata così. Mi hai trovata.»

Si alzò e mi portò in bagno dove mi fece sedere sul bancone e mi tolse delicatamente i vestiti carbonizzati.

Quando si tolse la tunica, l'energia tra noi si caricò. I miei capezzoli si indurirono, puntando verso i suoi muscoli scolpiti. Si tolse gli stivali e i leggings e io lo guardai nella sua piena gloria. Era la prima volta che lo vedevo nudo e, stelle, che spettacolo!

Era enorme. Un muro di muscoli solidi e tutta la sua attenzione era puntata su di me.

«Vieni qui, bellezza», mormorò, prendendomi in braccio e mettendomi a cavalcioni della sua vita. «Diamoci una ripulita.»

Mi portò al tubo del lavaggio e mi sostenne mentre l'acqua lo riempiva e poi si svuotava. Il leggero spruzzo di olio aromatico ricoprì i nostri corpi.

Avvolsi le braccia attorno al suo collo e mi sollevai più in alto, trascinando i seni sul suo petto, cercando di allineare la cappella con la mia entrata.

Fece un respiro profondo e fu tutto ciò che servì.

Perse il controllo.

In un lampo mi appiattii contro la parete del tubo del lavaggio, con il suo cazzo sepolto così profondamente dentro di me che temevo mi avrebbe spaccata in due.

«*Kazo*, Taisha. *kazo!*» Imprecò, le enormi mani mi palpavano il sedere mentre sollevava i fianchi e sbatteva di nuovo contro di me.

Gettai indietro la testa e gridai di piacere. «Sì, Drayk. Ti prego.»

Emise un ringhio gutturale e spinse di nuovo, scopandomi forte. Io ero troppo stretta e lui troppo grosso. Faceva male, ma non mi interessava.

Non avevo mai provato niente di così soddisfacente in vita mia.

Era come se tutta la mia vita avesse portato a questa affermazione epica. Come se il mio corpo fosse stato fatto apposta per il suo. Insieme diventavamo qualcos'altro. Qualcosa di intero, nuovo e perfetto.

Affondò le dita nelle mie chiappe e sbattei la schiena contro la parete del tubo a ogni spinta violenta, e ne ero felice. Sembrava così giusto.

Bellissimo.

Roteai gli occhi all'indietro, arricciai le dita dei piedi nel punto in cui erano agganciate dietro la sua schiena.

«Ancora, Drayk. Più forte. Dammelo.»

«Stelle, Taisha, sì!» gridò lui e mi scopò più forte, più velocemente.

Non riuscivo a vedere. Non sapevo come respirare. Tutto quello che sapevo era che tra di noi stava per innescarsi un'esplosione.

«Ti prego, Drayk» implorai.

«Sì. Prendilo. Prendilo, bellezza. Prendilo adesso.» Ruggì e arò in profondità.

Urlai al culmine, gli affondai le unghie nella schiena, stringendo forte l'interno delle cosce attorno ai suoi fianchi.

I miei muscoli interni si strinsero e pulsarono attorno all'enorme cazzo viola, mungendone l' essenza.

Non volevo che finisse eppure non avrei potuto sopportarne un altro momento.

«Drayk» singhiozzai, seppellendo il viso nel suo collo, perché si era appoggiato a me.

Trovò le mie labbra e le baciò. «Taisha. Piccolo essere umano.»

«Drayk» gracchiai di nuovo.

Mi aveva dato tutto, eppure volevo di più.

Tienimi, avrei voluto dire, ma trattenni le parole. Non lo avrei implorato. Durante una di queste rotazioni planetarie si sarebbe reso conto di aver già perso la capacità di essere imparziale.

Aveva già perso il cuore.

Come me.

* * *

Drayk

Taisha era quasi addormentata tra le mie braccia, sonnecchiava, con un'espressione di assoluta contentezza sul viso. Ma mentre dormiva, la sua espressione divenne preoccupata. Agitata. «Per favore, no» disse, ancora sognando. Il suo corpo si irrigidì. «Non posso. No. Non rimandarmi indietro!»

Era un sogno, uno di quelli brutti. Non sapevo a chi si stesse rivolgendo nel suo incubo, ma chiaramente stava cercando di evitare qualcosa di terribile.

In quel preciso istante mi resi conto che dovevo liberarla. Aveva fatto troppo per il nostro pianeta – e per me – per trattenerla ancora a lungo. Anche nel sonno lottava, e questo era ingiusto.

Le scostai un ricciolo dalla fronte. «Taisha, svegliati. Stai sognando.»

Si agitò. Ormai avevo imparato che il modo più rapido per eliminare quelle immagini era parlare di qualcos'altro. «Taisha, ho buone notizie per te» dissi, e aspettai che lei mi guardasse socchiudendo gli occhi, aprendoli leggermente. «Parlerò con Zander alla prossima rotazione del pianeta» mormorai. «Sono sicuro che approverà l'asilo.»

Il senso di colpa mi trafisse il petto. L'avrebbe approvato molto tempo fa, se non fosse stato per me.

Il cuore mi batteva forte. Entusiasmo? Allarme? Non sapevo perché, ma ero nervoso per la sua risposta.

Aprì gli occhi completamente e si animò, sedendosi, con le coperte che le cadevano dalle spalle. «Drayk? Lo farai? Oh, Madre Terra!» C'era una tale fiducia nella sua espressione, una tale felicità, che quasi non riuscii a sopportarlo.

Avrei dovuto dirle la verità, che avrebbe dovuto ottenere la libertà molto prima, ma come potevo rovinare quella gioia pura? Quindi esitai.

Mi mise entrambe le piccole mani sul viso. «Lo pensi davvero? Me lo concederà?»

Mi schiarii la gola. «Ehm, sì. Ne sono abbastanza certo.»

Completamente certo.

«Quindi posso vivere qui per sempre?» Si mise una mano sulla bocca e all'improvviso scesero le lacrime. «Oh, Madre Terra, quanto l'ho sognato» sussurrò, e tutto il suo corpo tremò. «Per così tanto tempo. Oh, è come un sogno.»

Quando pianse, inorridii. Stelle, quanto aveva sofferto nell'attesa di sentire questa notizia? *Kazo.* Non avevo idea che fosse stato un tale sacrificio.

Beh, non era stato un gran sacrificio per me, perché sapevo fin dall'inizio che lei era degna di asilo... e che avrei dato a re Zander la mia raccomandazione per concederglielo. Prima o poi. Lei non aveva la stessa consapevolezza.

Emisi un verso, forse un grugnito.

Lei mi guardò. «Oh, Drayk, non preoccuparti.» Rise tra le lacrime. «Sono felice, lo giuro, non sono triste. È proprio un sollievo. Come se fossi finalmente... viva.» Rise e si asciugò il viso. «Oh, ne è valsa la pena! Tutto il sacrificio e il dolore. Leylah aveva ragione su tutto.»

Si mise in ginocchio e si mise a cavalcioni su di me, poi si tolse il vestito, rivelando il seno perfetto, i capezzoli sodi e tesi. «Fai l'amore con me» mi chiese, chinandosi per baciarmi, facendo scorrere le mani sul mio corpo. «Rendi questo momento ancora più perfetto.»

Era questo il momento in cui avrei dovuto ricordare a me stesso che non potevo emozionarmi troppo e che non avrei mai potuto impegnarmi con lei. E certamente, se avessi dovuto agire in modo etico, le avrei detto la verità sul mio inganno.

Ma poiché non riuscivo a parlare, non riuscivo a trovare le parole possibili per dirle quello che avevo fatto... la scopai. Ancora e ancora finché non crollammo entrambi, soddisfatti da così tanti picchi di piacere.

.

CAPITOLO DICIOTTO

Taisha

«Mia Signora, è un onore conoscerti.» Mi inchinai, poi mi alzai e sollevai la mano. Come ci si rivolgeva alla regina, la sposa del re?

«Oh, Taisha, chiamami Lamira.» Rise e poi mi abbracciò. «Non dobbiamo essere così formali. Siamo tutti amici, qui.»

Ero ancora intimorita dalla sua presenza e me ne stavo dritta in un modo che mi sembrava imbarazzante, con le braccia lungo i fianchi. Poi le incrociai, nella speranza di mostrare un aspetto migliore. «Grazie per avermi ricevuta.»

«Ti avrei vista molto prima, ma Drayk mi ha detto che non eri pronta. Di solito mi impegno a raggiungere ogni nuovo essere umano il prima possibile. Ero così emozionata la scorsa rotazione del pianeta quando mi ha contattata e mi ha detto che eri pronta a incontrarmi.»

Mi accigliai. «Oh? Mi ha detto... non importa.» Probabilmente si trattava di un malinteso. Tranne per la parte riguardante Drayk. Dopo il piacere di ieri sera e la sua promessa di parlare con Zander, avevo grandi speranze. Anche se di solito mi faceva la predica sul fatto che non avrebbe potuto accoppiarsi con un essere umano per tutta la vita, come poteva pensare che lo avrei fatto dopo quello che avevamo condiviso? Era stato così emozionante.

«Entra, siediti. Per favore. Ho della frutta fresca da condividere. Viene dalla Terra: semi cimelio che stiamo coltivando. Prova questa: si chiama albicocca.»

Sorrise. Era una delle persone più adorabili che avessi mai visto, con i capelli ramati e gli occhi verdi. Ma pensavo che fosse bella perché qualcosa in lei risplendeva: la gentilezza, forse; la gioia di vivere.

Persi l'imbarazzo e scivolai nel posto che mi aveva indicato. «Oh stelle, è deliziosa. Albicocca?» Sorrisi. «Potrei mangiarla ogni rotazione di pianeta.» Mi guardai intorno nell'area salotto, curiosa di sapere come viveva. Era pieno di colori, così diversi dai grigi e dai marroni di Ocrezia. L'intonaco del muro era colorato, non ridipinto, il che gli conferiva ricche tonalità di giallo. Un altro muro era nei toni del turchese e del verde acqua. I soffitti erano alti con lucernari che lasciavano entrare la luce della stella zandiana.

Il solo fatto di essere qui mi rendeva felice.

All'improvviso fui sopraffatta da un'ondata di amore e gratitudine. Ero in un limbo da quando ero fuggita da Romon-3. Avevo paura di credere che avrei potuto essere davvero libera. Integrata qui, come aveva promesso Leylah.

Ma ora la vita stava andando a posto. Drayk si prendeva cura di me. Avrebbe parlato al re del mio valore. E la regina sembrava così gentile. Non riuscivo a immaginare che non mi avrebbe difesa anche lei. Stavo facendo amicizia ed ero pronta a intraprendere una nuova vita qui. Non mi ero mai sentita così bene, mai.

«Voglio sapere tutto della tua storia. Almeno di quello che sei pronta a raccontare. Allungò una mano e toccò la mia, sorridendo come se la sua gioia di vivere corrispondesse al sentimento nel mio cuore.

Quando lo fece, sentii una piccola scintilla. «Oh.» Sussultai e tirai via la mano.

Lei se ne accorse. «Energia statica?»

«Forse. Non lo so.» Frugai nella mia piccola borsa e tirai fuori la moneta. La strinsi ancora una volta, nel caso avesse voluto parlarmi, ma non lo fece. Alzai il pugno e feci un respiro profondo. «Ti ho portato qualcosa da molto lontano.»

Aprendo le dita, tenni il palmo dritto, come un piatto, e lo allungai verso di lei.

Il mio regalo.

Lei inclinò la testa. «Cos'è questo?» La sua voce era calma.

«Leylah ha detto che era per te. Ha detto che saprai cosa farne.» Trattenni il fiato.

«Leylah.» Il tono era pensieroso e chiuse gli occhi. «Sì, conosco Leylah. L'ho vista nei miei sogni, attraverso una cascata di rumore e luce. Non ho sentito cosa stesse dicendo, a parte il fatto che stava arrivando un essere umano. Qualcuno che avrebbe contribuito al successo di Zandia, ma avrebbe anche acceso le tensioni con gli ocreziani. Tu.»

Arrossii d'orgoglio. «Sono felice di essere qui. Sento che questo è il mio posto, nelle mie ossa.» Era vero. Le cose antiche erano lontane: la rabbia di Rannah, l'ira del mio padrone ocreziano, la gioia di salvare il giovane, la mia paura. In questo momento, le mie ossa provavano gioia.

«Posso?» Inclinò la testa, gli occhi curiosi sotto le folte ciglia.

«Sì, naturalmente! Adesso è tua. Prego.» Tesi la mano per avvicinarla.

Fece scivolare delicatamente la moneta dal mio palmo e la sollevò. «È così vecchia. Viene dalla terra?»

«Sì, esattamente. Leylah ha detto che era un manufatto di millenni fa.»

«Grazie. È speciale.» Lamira mi sorrise. «Ne farò tesoro. Forse possiamo esporlo nel palazzo e far venire degli umani a vederlo e toccarlo? Per connettersi con la storia.»

«Sì, è una bella idea. Ma...» strinsi le labbra. «Quando Leylah me lo ha dato, ha detto che sarebbe stata importante per te. Forse ti parlerà. Ti darà visioni. Sogni.» Mi agitai, battendo il piede. «Sembra che voglia... fare... qualcosa?» Trattenni il fiato. «Vedi forse dei colori? Delle immagini?» Mi sporsi in avanti.

Alzò le sopracciglia. «Dalla moneta?» La guardammo entrambe dal palmo della mano, un piccolo disco. «No, non vedo nulla.»

«Oh.» La mia delusione era palpabile.

Appoggiò la moneta sul tavolo con un leggero tintinnio quando colpì la pietra, e si avvicinò a me, aggraziata nelle sue gonne e cristalli. «Oh, Taisha, ti aspettavi che succedesse qualcosa?» Mi toccò il braccio.

«Per così tanto tempo ho pensato che quando ti avrei vista e te l'avrei data...» – gesticolai, sentendo un nodo in gola – «avrebbe significato qualcosa di straordinario. Pensavo anche che fosse urgente»

«In che senso?» Mi guardò con curiosità.

«Non è stato facile portarla qui. Ho lottato per trovarla, l'ho rubata dalla borsa di Drayk e l'ho nascosta. L'ho tenuta con me tutto il tempo. Poi l'ho portata con me su Romon-3, dove è stata la chiave per convincere gli altri che Marshan era una certezza. Dopo tutto questo? Forse mi aspettavo di più.»

Feci una piccola risata. «Suppongo di essere un po' preoccupata per il fatto che non sia successo nulla. Forse non l'ho fatto bene.»

Rise, ma dolcemente. «Ci sarebbe un modo migliore per fare un regalo a qualcuno?» Mi strinse il braccio. «Ne farò tesoro perché viene da te e da così lontano.»

Mi scervellai. «Forse ho frainteso ciò che Leylah voleva. Ho ricordato male.»

«Quelle come noi che hanno il dono di vedere, hanno capacità diverse che si manifestano in vari modi. La moneta potrebbe aver permesso a Leylah di focalizzare e distillare le sue immagini. Per me, è notevolmente migliorata da quando sono vicina al cristallo Zandiano. Si toccò il collare che portava, tempestato di cristalli inestimabili.

«Mi dispiace.»

«Ma per cosa? Se ti ha chiesto di portarmela, hai più che mantenuto la tua promessa. Taisha, pensaci. Sei fuggita, ti sei nascosta, sei sopravvissuta a missioni pericolose e sei arrivata a milioni di anni luce di distanza su un nuovo pianeta, l'unico all'interno dell'intera galassia che accoglie gli umani come liberi. E tu, in qualche modo, hai portato con te la moneta per tutto il tragitto. E l'hai usata per procurarci un alleato. Non è questa la cosa sorprendente in sé?» Prese uno sgabello e si sedette accanto a me.

«Forse Leylah voleva solo che tu trattassi la moneta con importanza in modo che potesse servirti bene. Forse la destinazione è sempre stata il viaggio.»

«Credi?»

Alzò le spalle. «Forse è la chiave dell'amicizia. Forse è solo un simbolo per aiutare a riunire gli esseri. Ti ha detto che era per me, ma è sempre stata per te.»

Considerai la cosa. «Sarebbe stato molto intelligente e astuto da parte di Leylah.» Ma in qualche modo mi quadrava. Sorrisi. «Mi manca.»

«Lo so.» Lamira mi rivolse un'occhiata comprensiva.

«Io... quando hai detto che i cristalli aiutano le tue visioni...» - mi morsi il labbro - «non ho visioni, ma a volte ho dei piccoli flash...»

«Ti stai chiedendo se sono reali?»

Annuii, grata che avesse capito. «Temo di non essere

abbastanza forte per portarli alla luce. Che non lo sto facendo bene.»

«Penso che tu ti preoccupi troppo.» Rise, ma il suo viso era gentile. «Se sei destinata a essere una veggente, le visioni arriveranno, con i loro tempi. Non sentire il bisogno di forzarle.» Fece una pausa. «C'è una cosa in cui credi veramente, però? Se sei una veggente, non avrai mai bisogno di qualcosa di fisico e unico, come una moneta, per innescare le tue visioni. Perché vengono da dentro.» Si toccò il petto. «Quindi l'idea che questa vecchia moneta contenga il potere delle tue visioni? Lasciala andare.»

«Quell'idea è molto liberatoria. È come essere fuori dalla prigione delle monete.» Risi forte, sollevata dalle sue parole.

Lei ridacchiò insieme a me. Poi disse con attenzione: «Allora, che tipo di flash hai avuto?»

«Penso di aver visto le figlie di Bayla.» Trattenni il fiato.

Lei sussultò. «Davvero?»

Annuii. «Ma non so se fosse vero o fosse la mia immaginazione. Ed è successo solo una volta.»

«Se le rivedi, vieni a dirmelo. Forse posso aiutarti.»

«Come?» Ero ansiosa di saperne di più.

«Oh, non ne ho idea.» Inclinò la testa. «Ancora. Ma se avessi dei problemi, dovremmo lavorarci insieme, se possiamo. Almeno provaci.»

«Lo farò.» Mi sentivo molto meglio ad avere un'alleata in questa storia.

«Raccontami della tua fuga. Di come hai ucciso la guardia con la tossina.»

«Conosci la mia storia, allora.» Usai un dito per tirare la moneta sul piano del tavolo in modo che si trovasse a pochi centimetri dal bordo. Era fredda e antica, sembrava proprio come su Romon-3. Beh, solo un po' più brillante adesso.

«Solo le parole. Tu puoi raccontarmi le emozioni. So che

è la parte difficile.» Sapevo che era sincera, lo vedevo dalla sua espressione.

Quindi ci sedemmo, parlammo e condividemmo le nostre storie e, a poco a poco, lasciai andare la mia delusione per la moneta. Lasciai che le nostre parole e le nostre risate sbocciassero, e presto mi fu chiaro: avevo una nuova amica. Le confidai perfino della mia intensa notte con Drayk. Sapevo che ci eravamo appena conosciute, ma era così facile parlare con lei e chiaramente le importava. Lei rise e arrossì con me quando le rivelai come mi aveva dato così tanti orgasmi da farmi quasi male alla successiva rotazione del pianeta per tutto il piacere.

Mentre mi alzavo per andarmene, Lamira mi diede una borsa di frutta. «Portala a casa con te.» Sorrise. «Condividila con quel tuo astuto zandiano.»

«Come se lo meritasse, dopo quello che ha fatto.» Sbuffai. «E non è esattamente mio.»

La risposta fu automatica, anche se in un certo senso lo era. Dopo l'esplosione nel laboratorio e la nostra altrettanto dinamica notte insieme, in cui lui si era dimostrato magistrale e tenero allo stesso tempo, le cose erano cambiate. Non era stato detto apertamente nulla riguardo a un'unione, ma non mi ero mai sentita così legato a lui.

Ciò che disse dopo, però, cambiò tutto.

«Quanta strada hai fatto con lui da quell'inizio confuso, giusto?»

«Cosa intendi?» La sua espressione, un po' allegra e alla "te l'avevo detto", mi confuse.

«Quando ha convinto Zander a permettergli di metterti in detenzione personale. Ha funzionato bene. Sono sicura che Zander si aspetta che arrivi in qualsiasi momento della rotazione del pianeta per chiedere...»

«Mi dispiace, non ti seguo.» Mi allungai e le afferrai la manica. «Lamira.» Lasciai andare la manica, sentendo di essere troppo aggressiva, ma la mia voce rivelava la mia fretta. «Mi spieghi?»

«Oh. Pensavo che te lo avesse detto.» Rimase di sasso. Si portò una mano alla bocca. «Oh no.»

«Dimmelo.» Mi sporsi in avanti.

Sospirò. «Oh, Taisha, per favore, non prenderla male. Zander era disposto a darti asilo immediatamente e a permetterti di accoppiarti. È stato solo Drayk a chiedere più tempo per valutarti. Ma questo dimostra come le cose funzionano per il meglio, non credi?»

Inciampai indietreggiando. «Non può essere vero.»

La sua espressione era piena di empatia. «Lo è, ma dovresti dargli la possibilità di spiegare…»

«Quindi aspetta. Non capisco.» Pensavo di sì, ma speravo di sbagliarmi. «Fin dall'inizio è stato Drayk a insistere per la mia detenzione? Non Zander?»

Lei annuì, silenziosa.

«Ed è stato Drayk a lasciarmi continuare a pensare, anche dopo tutto quello che ho fatto, che Zander non mi avesse ancora ritenuta una risorsa per Zandia? Che non avessi ancora dato prova di me stessa?»

«Beh, era…»

La interruppi. «Mi sono sentita uno schifo. Lamira, per tutto il tempo non sapevo se sarei rimasta. Dove mi avrebbero mandata se mi avessero rifiutato l'asilo. Sarei tornata a Ocrezia?» Scossi la testa. «Non pensavo che Zander lo avrebbe fatto, ma non potevo sentirmi completamente a mio agio qui, sapendo che avrebbe potuto essere solo una sensazione temporanea. Sai quanto è stato difficile per me?»

«Mi dispiace. Molti esseri umani ci sono passati. Hai ragione, è terribile. Ma penso che lo abbia fatto solo perché provava qualcosa per te.»

Lamira sembrava colpevole. Non era colpa sua, ovviamente. Era impegnata con la sua famiglia e i suoi doveri, e non potevo in alcun modo ritenerla responsabile del fatto che suo marito avesse permesso a uno dei suoi guerrieri di ingannarmi. No, quello con cui ero arrabbiata era Drayk, e sentii il sangue pulsarmi nel cranio.

«Taisha, Zander spesso sa cosa è meglio per i suoi sudditi. Non è sempre piacevole in quel momento, ma alla fine funziona bene.» Mi toccò la mano. «Potrebbe essere una situazione di questo tipo.»

Scossi la testa. «Mi fidavo di Drayk. E mi ha tradita.» Sentivo il viso in fiamme, le braccia e le gambe fredde. Cominciai a tremare. Mi girava la testa. «Pensavo che gli importasse davvero di me.»

«Sono sicura che gli importi di te. Si è mostrato in un modo che non era, forse...»

Si sentì un rumore all'architrave e ci voltammo per vederlo lì, pronto a venirmi a prendere.

Drayk.

«Taisha? Cosa c'è che non va?» Fece un passo avanti, con la fronte aggrottata, quando vide il mio viso. «Sembri nervosa...»

«Vorrei vedere. Non toccarmi.» Sbottai e alzai una mano, fermandolo mentre avanzava.

«Che cosa...»

«Te lo dico io.» Mi tremava la voce per l'indignazione. «Mi hai mentito, Drayk.»

Mi si riempirono gli occhi di lacrime mentre lo fissavo, desiderando che fosse tutto un errore. Un fraintendimento.

Ma spostò lo sguardo, e in quel secondo capii che era vero. Sapeva per cosa fossi arrabbiata e sapeva che era una cosa brutta. Più che brutta.

«Riguardo alla mia libertà vigilata.» Buttai lì le parole, e si piazzarono tra noi, come una montagna, dividendoci. Tutta la tenerezza della notte scorsa era chiaramente una bugia, costruita su fondamenta instabili.

Si schiarì la voce. «Beh, posso spiegare cosa...» Si interruppe. «È complicato.» Alzò la voce. «Avevo la responsabilità di...»

«Di trattarmi equamente.» Alzai la voce più di lui finché non mi trovai praticamente ad urlare. «Di dire a me e a re Zander onestamente se ero adatta o meno per questo pianeta. E per tutto il tempo» inspirai «mi stavi ingannando? Per cosa? Per goderti il mio corpo mentre giocavi con le mie emozioni?»

«No!» Lo urlò, poi moderò il tono. «Non è andata così, credimi, Taisha. All'inizio, sì, non ero sicuro che fossi degna di fiducia. Ma col tempo, man mano che ti conoscevo, è stato» deglutì, «era evidente che...»

«È stato uno scherzo fantastico?» avevo la voce rotta e riuscivo a malapena a pronunciare le parole. «Stavi ridendo di me con i tuoi amici, di quanto fossi ingenua? Mentre mi guardavi farmi in quattro per dimostrare il mio valore e continuavi a non permettermi l'accesso alla tranquillità.» Agitai la mano «Dopo tutto quello che avevo passato? Come hai potuto?»

La sua espressione ora era torturata. «È stato un errore. Non avevo realizzato quanto fosse difficile per te l'attesa, emotivamente. Non all'inizio. È solo di recente che ho capito come funzionano le emozioni umane. E...» serrò la mascella, «le mie.»

«Le *tue* emozioni?» Scossi la testa, asciugandomi gli occhi.

«Grazie a te...» iniziò, con voce incerta.

«Grazie *a te*» ribattei, non permettendogli di finire, «ho dovuto aspettare più tempo, preoccupandomi, non sapendo se avessi o meno i requisiti per vivere qui.» Lo guardai con aria accusatoria. «Anche dopo quello che ho fatto con Fonquin. E con il siero. E con Marshan. Anche dopo tutto questo, mi hai lasciata continuare a pensare che non fosse ancora abbastanza. Grazie a te, mi sono permessa di pensare cose... di fare cose...» Scossi la testa, incapace anche di esprimere a parole i miei pensieri. Ciò che mi scappò subito dopo sorprese anche me. «Ti odio.»

Seguì il silenzio. L'espressione di Drayk era sbalordita.

Non potevo più sopportare il mio mix di emozioni. Mi rivolsi a Lamira. «C'è un altro posto dove posso vivere?» Mi tremava la voce. «Finché non mi sarò guadagnata il mio mantenimento, un posto dove posso stare?»

Lei annuì, seria. «Sì. C'è un dormitorio per umane non accoppiate ed è abbastanza confortevole. Certo, possiamo trovarti una camera lì. Ma per favore, se dai a Drayk la possibilità di spiegare...»

Scossi la testa. «Ha avuto tre cicli lunari per spiegare. Il tempo è scaduto.»

Lanciai un'occhiata a Drayk. «Per favore vattene. Non voglio vedere mai più la tua faccia. Né ascoltare le tue bugie.» Mi rivolsi a Lamira. «Non vale il mio tempo. Chiedo rispettosamente asilo, mia regina.»

Drayk emise un verso, ma poi girò sui tacchi e se ne andò senza aggiungere altro.

Lamira mi abbracciò per calmarmi, dandomi pacche sulla schiena, ma dopo essere scoppiata in un pianto esplosivo, i miei occhi ora erano asciutti. Mi si era spezzato il cuore, riversando fuori tutte le mie speranze ed emozioni.

CAPITOLO DICIANNOVE

rayk

Non sapevo come avevo fatto a tornare a casa.

Non avevo visto nulla lungo la strada. Non ricordavo nemmeno di aver fatto il percorso. Ma nel momento in cui premetti il palmo della mano sul sensore della porta ed entrai, il mio mondo si frantumò in un milione di pezzi.

Casa mia sembrava così vuota. Così sbagliata.

Taisha se n'era andata.

Sapevo che sarebbe arrivata questa rotazione del pianeta, eppure ero del tutto impreparato.

Era questo quello che volevi, mi dissi. *Lo hai pianificato.*

Ed in parte era vero. Avevo intenzione di abbandonarla una volta terminati i tre cicli lunari. Sapevo che non avrei mai potuto accoppiarmi con lei.

Eppure, non avevo mai avuto intenzione di ferirla.

E per le stelle, lo avevo fatto.

Già solo questo mi fece venir voglia di cavarmi gli occhi con un utensile da cucina.

Ma anche se non avesse mai scoperto quello che avevo fatto – cioè che avevo sconsigliato l'asilo e chiesto di metterla con me in libertà vigilata – anche se tutto fosse andato secondo il mio piano, era sbagliato.

Il mio *kazo* di piano.

Rinunciare a Taisha era stato un errore. Un errore idiota. Credere che la mia carriera fosse più importante di lei?

Stupido.

Credere che le emozioni che aveva evocato in me fossero tutt'altro che un dono?

Una cosa da asino.

Ma ormai era troppo tardi.

L'avevo ferita e lei non mi avrebbe perdonato.

Aveva detto di odiarmi.

Il petto mi si strinse così forte che riuscivo a malapena a respirare.

Mi odiava.

Kazo, questo faceva male.

Avrei voluto non aver mai scoperto le emozioni.

No, era una bugia.

Non rimpiangevo neanche uno dei momenti che avevo passato con lei.

L'unica cosa di cui mi pentivo era di aver fottuto tutto.

* * *

Taisha

Leylah mi avrebbe detto di smetterla di autocommiserarmi. Le cose sarebbero potute andare molto peggio.

Perché, allora, mi sentivo come se il cuore mi fosse stato strappato dalla gabbia toracica e pestato con una pala?

Mi rannicchiai sul mio lettino nel dormitorio e guardai il muro, con le lacrime che mi scendevano lateralmente lungo il viso.

Eccola. La mia nuova esistenza. Ero libera. Non ero più una schiava. Lamira mi aveva assicurato che mi sarebbe stato concesso l'asilo. Eppure, non riuscivo nemmeno a respirare a causa del peso schiacciante sul petto.

La perdita del mio migliore amico sul pianeta.

Del mio amante.

Del mio padrone.

Ero stata io a chiamarlo così. Mi aveva fatta umiliare. Aveva stabilito delle regole per me e mi aveva punita. Tutto per soddisfare un suo desiderio malato di tenermi senza accoppiarsi con me.

Per usarmi e poi buttarmi fuori.

Altre lacrime calde mi scesero dal naso, lungo la tempia, gocciolandomi nell'orecchio.

Avrei voluto sfogare la mia rabbia qua e là, ma continuavo a frenarmi.

Continuavo a ricordare la tenerezza.

Il panico sul suo volto dopo l'esplosione. Il modo in cui mi aveva tenuta stretta al suo petto. Aveva fatto l'amore con me.

Ma no, non potevo continuare a sperare che cambiasse idea e si accoppiasse. Aveva avuto la sua occasione.

Aveva rovinato tutto.

Era finita ora.

Sarei andata avanti. In qualche modo, sarei andata avanti senza di lui.

Era decisamente meglio così.

CAPITOLO VENTI

Taisha

Erano passate tre rotazioni del pianeta e ancora non avevo voglia di lasciare il dormitorio.

Ero finalmente libera, su un pianeta dove gli esseri umani erano apprezzati e dove la mia vita aveva un significato. Non ero più schiava di nessun essere. Avrei dovuto essere piena di gratitudine e di progetti per il futuro.

Perché mi sentivo così vuota?

Guardai fuori dalla finestra del dormitorio, senza vedere i rigogliosi alberi gialli che ondeggiano nella brezza, perché tutto ciò che vedevo era il suo volto.

Drayk.

E come era andato in pezzi quando avevo detto che lo odiavo.

Mi si contorse lo stomaco e sussultai. A dire il vero, non lo odiavo. Dopo tutto questo, ero convinta che Leylah avesse torto. Amare un altro essere non ti rendeva schiavo: ti rendeva libero. Il modo in cui mi sentivo con Drayk, la vicinanza che condividevamo, quelli erano stati i momenti migliori della mia vita.

Oh, odiavo quello che aveva fatto. Il modo in cui aveva permesso che pensassi per tutto quel tempo di essere ancora sotto valutazione. Odiavo che le cose non fossero semplici.

Ma il mio cuore non avrebbe smesso di tenere a lui, nonostante le sue azioni.

Mirelle si presentò alla mia porta per cercare di convincermi a uscire, ma non ero ancora pronta. Mi mise uno scialle sulle spalle. «Dovresti mangiare.» Aveva in mano un contenitore di frutta. Mi aveva aiutata a sistemarmi nel dormitorio, portandomi alcune cose dal suo domicilio per renderlo più allegro.

Ma ero tutt'altro che felice.

Scossi la testa. «Non ho fame. L'idea del cibo mi fa star male.»

Annuì e posò la scatola su un tavolo basso. «Come posso aiutarti, allora?»

«Non puoi.» Ci ripensai. «Lo stai già facendo, semplicemente preoccupandoti. Stando qui con me. Sono grata per la tua amicizia.»

Sorrise brevemente ma poi sospirò. «Sono preoccupata per te.»

«Starò bene.» Le mie parole suonarono vuote, ma sotto c'era della verità. In sostanza, sarei stata al sicuro. Dopotutto, mi trovavo qui su Zandia, ero un essere umano libero, a cui era permesso vivere e accoppiarsi.

Peccato che l'unico zandiano a cui tenevo mi avesse tradita e spinta a dire cose così crudeli. Se solo ci fosse stato un modo per fargli sapere che avevo reagito in modo esagerato. Che non intendevo quelle cose. Che mi importava ancora.

Ma se ne era andato. Mi aveva lasciata. La relazione non era salvabile.

Quindi... potevo anche stare *bene*, ma non ero felice. Non adesso. Forse non lo sarei stata mai.

«Forse sono stata troppo dura con lui.» Sussurrai le parole che mi avevano turbata dal momento in cui erano esplose dalle mie labbra. «Non gli ho mai nemmeno dato una possibilità.»

«Eri ferita. Arrabbiata.»

«Sì. Molto.» Annuii, con veemenza. Poi la mia voce si incrinò. «Ma mi manca tantissimo. Non penso che sia un essere cattivo. Ha commesso degli errori.»

«Gli hai detto che non lo avresti mai perdonato, finché vivrai.»

«Non ricordarmelo.» Mi veniva da vomitare. Non c'era bisogno che me lo ricordasse, perché quelle parole vivevano nella mia testa. Mi sentivo gridarle, ancora e ancora. «E ora probabilmente anche lui mi odia. Sono stata così scortese con lui.»

«Oh, Taisha.» Mirelle mi abbracciò e io glielo permisi. «Non è facile.»

«No. Non lo è.» Non ero sicura se si riferisse specificamente alla mia vita, o a tutti gli esseri umani, o a tutti gli esseri che esistevano ovunque; non importava: era difficile per tutti.

«Ma sono sicura che...» si interruppe mentre il comunicatore lampeggiava. «Uh Oh. Questo è il segnale di emergenza.»

«Il cosa?» Di solito quando il suo comunicatore lampeggiava, era importante. Ma anche quando era stata chiamata a partire per una missione, non aveva mai reagito con questo livello di urgenza. Una spirale di ansia mi crebbe in pancia.

«Devo rispondere.» Saltò in piedi e si toccò l'orecchio. «Maestro Seke? Sì. Sì, è qui con me adesso. Hanno detto cosa? Oh, Madre Terra.» Impallidì e mi guardò spalancando gli occhi. «Capisco.»

Non riusciva a smettere di fissarmi.

Mi alzai e mi misi la mano sulla bocca, poi strinsi i palmi insieme. «Che c'è?»

Non rispose. Continuava a guardarmi e gli occhi le si riempirono di lacrime. «Sì maestro. Arrivo subito. E... porto anche lei.»

Toccò il comunicatore e sbatté le palpebre. «Taisha... non so come dirlo.» Si schiarì la gola. Mi prese la mano. «Ma è il Maestro Seke. Gli ocreziani sanno che sei qui. Chiedono la tua restituzione.»

* * *

DRAYK

«*KAZO, KAZO, KAZO.*» Diedi un pugno al muro del mio domicilio abbastanza forte da rompere la liscia pietra viridiana. Il dolore della pelle era una gradita distrazione dal modo in cui il mio cuore si stava lacerando.

Mi allungai per attaccare ancora una volta la struttura, poi affondai sulla piattaforma del sonno. Profumava ancora di lei: Taisha. Ringhiai e afferrai la morbida coperta, rigirandola tra i pugni.

«È stato stupido negare il nostro legame.»

Non rispose nessuno perché ero solo. Ma la risposta mi arrivò comunque. «Sono io quello stupido.» Lo mormorai ad alta voce.

Mi bruciava ammettere una cosa del genere. Un combattente, un soldato, un esperto giudiziario... e un idiota.

Sì, era quello che ero.

Volevo solo... volevo avere entrambe le cose: essere visto come imparziale, tenermi separato, isolato. Per stare lontano dalle emozioni che avevo sempre pensato mi avrebbero indebolito. E allo stesso tempo, godere del corpo e dello spirito della straordinaria umana Taisha. Concedermi il piacere di legare con un altro essere. Usare quelle stesse emozioni che temevo per arricchire la mia vita.

E ora avevo *fottuto* entrambe le cose. Sicuramente re Zander aveva capito che non ero all'altezza di confrontarmi con il sistema giudiziario. E Taisha? Ebbene, aveva detto tutto ciò che doveva.

Il dolore nei suoi occhi, il modo in cui mi aveva guardato… avrei fatto qualsiasi cosa per tornare indietro nel tempo. Cambiare il modo in cui avevo gestito tutto.

L'allarme della porta suonò ed entrò Tarak, dirigendosi verso di me senza esitazione. Si schiarì la gola. «È successo qualcosa di grave e devi saperlo.»

«Sapere cosa?» Lo guardai e la sua espressione mi lasciò in sospeso. «Tarak?» Quando rimase in silenzio, intimai: «Parla!»

Incrociò le braccia. «C'è un video di sorveglianza del pianeta Fonquin. Gli ocreziani hanno scoperto che Taisha è fuggita da Romon-3 ed era impegnata in una missione. Hanno chiesto il suo ritorno e minacciano aggressioni se non obbediamo, chiedono anche una taglia come scusa.»

Balzai in piedi e ruggii. «No!»

Alzò le mani. «Il re ha convocato il suo consiglio. Ma è un incubo diplomatico e deve essere affrontato immediatamente. Ha mandato a chiamare Taisha e tu sei richiesto…» Si interruppe, mentre stavo già afferrando la mia borsa e toccando la console della porta.

«Sbrigati» sbottai. «Non c'è tempo da perdere. Dobbiamo parlare con il re.»

«Non permetterò loro in alcun modo di rimandare indietro Taisha. Stelle, li combatterò tutte da solo, se necessario, ma non rimanderemo quella preziosa umana a quei mostri, non dopo che si è impegnata così duramente per sconfiggerli.»

* * *

DRAYK

MI PRECIPITAI nella sala del consiglio gremita del palazzo. Zander era seduto a capotavola del lungo tavolo ovale. Un gigantesco cristallo zandiano adornava il centro del tavolo, proiettando arcobaleni nella stanza. Il gruppo dei consiglieri e dei migliori guerrieri era già al suo posto. C'era un tale ronzio di energia nella stanza che sembrava quasi che un fulmine crepitasse lungo la mia spina dorsale.

Taisha era in piedi contro la parete delle finestre, con Mirelle al suo fianco. Avrei voluto correre da lei, inginocchiarmi e rimediare a questo orribile abisso tra noi. Ma ora non era il momento. Niente di tutto ciò aveva importanza se veniva rimandata dal suo proprietario di schiavi.

«Abbiamo una situazione urgente.» La voce di re Zander risuonò lungo la stanza. «Gli ocreziani chiedono la restituzione della loro ex schiava, Taisha, insieme a una taglia di cristalli e stein. Hanno scoperto che era scappata quando il suo ologramma è spuntato dalla missione su Fonquin. Se non rispettiamo le due rotazioni del pianeta, faranno i passi successivi.»

«Quali passi?» chiese il dottor Daneth. La sua compagna era seduta accanto a lui, pallida.

«Non lo hanno chiarito. Stanno facendo i ritrosi. Ma hanno indicato che ciò comporterà manovre sia militari che diplomatiche. Forse tutto tranne un attacco planetario» rispose il Maestro Seke.

«Dovremmo restituirla?» Un guerriero più giovane e senza compagna parlò da dove si trovava nell'angolo. «Accontentarli. Così ci lasceranno in pace, no?»

Zander lo guardò accigliato. «Parli a sproposito. Allontanati da questa sala del consiglio.»

Era una fortuna che Zander l'avesse buttato fuori, perché stavo per strappargli la lingua a mani nude.

«Perdonami, mio signore.» Non potei impedirmi di parlare anche io a sproposito. Non mi interessava quali conseguenze avrebbe avuto sulla mia carriera. Tuttavia, cercai di sembrare il più equilibrato e privo di emozioni possibile. «Mi sembra che qualsiasi concessione sarà vista come un segno di assoluta debolezza e di capitolazione forzata.» Lanciai uno sguardo attorno al tavolo.

Erano i migliori consiglieri di Zander, quelli che contavano di più. Erick, il suo ambasciatore e consigliere politico, il dottor Daneth, il maestro Seke, Lium il suo ingegnere. I maschi più anziani che consigliavano suo padre. Quelli che lo avevano nominato re dopo l'invasione di Zandia. Quelli che lo avevano portato a riprendersi il nostro pianeta.

«Restituirla potrebbe calmarli a breve termine» disse il Maestro Erick.

Avrei voluto spaccargli la faccia, anche se sapevo che stava ragionando sulla situazione.

«Ma se continuiamo a portare gli esseri umani sul nostro pianeta, questo accadrà ancora e ancora.»

Strinsi i pugni lungo i fianchi, costringendomi a inspirare lentamente. «Se rispettiamo le loro richieste, cercheranno a Zandia ogni essere umano scomparso nella galassia. Potrebbero richiedere i codici a barre di ogni essere umano qui presente. Abbiamo più di cento esseri che dovevano essere sterminati su una delle loro navicelle della morte. Se scoprono che li abbiamo liberati, potrebbe iniziare una guerra» dissi, riferendomi al salvataggio della sorella di Lamira, Lily, che aveva portato all'esercito umano che aveva poi combattuto al nostro fianco per Zandia.

«Il tuo consiglio non è affatto imparziale in questa situazione, Capitano Drayk» disse Lium in tono asciutto.

Mi sforzai di aprire i pugni. «Non nego che desidero rivendicare Taisha come mia compagna.»

Per la prima volta da quando ero entrato, incrociò il mio sguardo. Era diffidente. Ferita.

Mi demolì.

Sostenni il suo sguardo mentre continuavo a parlare. «Ho commesso un terribile errore non presentando immediatamente una petizione per lei. Un errore a cui spero di rimediare.» Deglutii contro la stretta che avevo in gola. «Quindi non so nemmeno se mi vorrà. Ma qui non si tratta di proteggere l'umana che spero di rendere la mia compagna.» Guardai i membri del consiglio che avevano preso compagne umane: re Zander, il maestro Seke, il dottor Daneth, il capitano Rok. «Non si tratta di proteggere un essere umano su Zandia. Si tratta di proteggere tutte le nostre compagne. Tutti gli esseri umani che ospitiamo qui. Umane che hanno dato un grande contributo al nostro pianeta.»

«È anche possibile che il nostro rifiuto di rimandarla indietro scateni un conflitto che metterà in pericolo tutti gli esseri umani sul nostro pianeta.»

«No.» Taisha fece un passo avanti, con il mento alzato. «Non metterò in pericolo gli altri umani su questo pianeta. Mi costituirò e dirò che stavo lavorando da sola, senza l'aiuto di Zandia.» Chinò la testa. «Non c'è bisogno di forzarmi o convincermi. Andrò volontariamente.»

«*No*. Non lo permetterò.» Sparai quelle parole prima che il re, o chiunque altro potesse parlare. «Hai già sacrificato abbastanza per Zandia.»

Attraversai la stanza e le presi la mano nella mia. Stelle, era così fredda.

Con mio grande sollievo, lei non si allontanò.

Mi rivolsi a re Zander. «Mio signore, per favore. Non

dobbiamo rimandarla indietro. Lo dico da esperto giudiziario, da guerriero con esperienza sul campo e con il mio… il mio istinto.» Scossi la testa. «Lo so con la testa e con il cuore, mio signore. Se la restituiamo» strinsi il pugno, «e non lo dico per puro sentimento egoistico, ma se la restituiamo, questo non farà altro che aprire le porte alla nostra morte. Ci vedranno deboli e malleabili. Come quelli che possono essere governati dalla paura e guidati dai loro capricci.»

Credevo a quello che stavo dicendo. Ma non aveva importanza, perché non avrei mai permesso loro di restituire Taisha. Mi sarei sacrificato, piuttosto, per salvarla. Avrei rubato una navicella e me ne sarei andato con lei prima. Ci saremmo nascosti da qualche parte nella galassia.

Mi interruppi, controllando la faccia del nostro re. Sapeva cosa provavo per Taisha. Si fidava ancora di me come consigliere?

Ero convinto che le mie capacità da consigliere ora fossero più forti che mai. Il fatto che io fossi più emotivo non mi permetteva di trattenermi. Ero sicuro che questo mi rendesse solo un sostenitore più forte per Zandia, perché nutrivo un fervore per la mia devozione che prima mi mancava. Ed era stata Taisha a farlo emergere in me.

Trattenni il fiato.

Con mia sorpresa, incrociò il mio sguardo. Come se stesse fissando la mia anima e approvasse ciò che si trovava dentro. Annuì. «Continua, Capitano.»

La mia sicurezza crebbe mentre parlavo, rivolgendomi all'intera stanza, stabilendo un contatto visivo con ciascun membro del consiglio. «Dobbiamo essere forti e ribelli, come Taisha. Quando è fuggita da Romon-3. Quando si è impegnata nella missione di ottenere i dischetti per noi. Quando ci ha aiutati a creare un alleato in Marshan, un wark. Con il siero che ci ha aiutati a creare. Per noi è molto più preziosa come alleata che come pedina da scambiare.»

Re Zander alzò la mano. «Non la consideriamo una pedina da scambiare. Siamo qui per determinare la politica. Sapevamo che questo giorno sarebbe arrivato. Che gli ocreziani avrebbero saputo che gli umani che teniamo qui non sono schiavi tenuti in catene. Non sono conservati come proprietà. Si stanno integrando nella cultura zandiana.

Sapevamo che avrebbe potuto rappresentare un problema politico con gli ocreziani. È una cosa che potrebbe creare problemi al nostro pianeta. Se troppi umani venissero a sapere e fuggissero verso Zandia, potremmo non essere in grado di concedere loro asilo. Potremmo facilmente affrontare la situazione di avere qui più umani che zandiani. Non permetterò che Zandia perda la nostra identità. Quindi abbiamo bisogno di politiche per la gestione degli immigrati umani. Una politica per rispondere agli ocreziani.»

Passò un istante e poi il Maestro Seke parlò. «Il capitano Drayk ha ragione. Non dovremmo mai arrenderci alle capricciose richieste degli ocreziani. Questa è una prova; stanno controllando se siamo dei codardi che potrebbero subire minacce.»

Sentii la schiena bagnarsi per il sollievo. Strinsi la mano di Taisha.

Il re alzò la mano. «Taisha è davvero preziosa per noi per il suo contributo. E non renderemo mai una politica quella di riportare un essere umano in schiavitù. Non è colpa di Taisha se è lei al centro di questa controversia. Le visioni di Lamira la mostrano come la portatrice di aggressioni, ma restituirla non ci aiuterebbe a nulla.»

Taisha si rilassò al mio fianco e chiuse gli occhi: sollievo? Era sopraffatta dall'emozione?

La avvicinai al mio fianco, grata quando si appoggiò a me. «Va tutto bene adesso» sussurrai.

Il re guardò il suo consiglio. «Allora quali sono le nostre opzioni?»

«Possiamo fare i finti tonti» rifletté Erick. «Continuare a fingere che qui gli umani siano schiavi. Non possono dimostrare definitivamente che non è vero. Non esiste una legge pubblica zandiana che dica il contrario. E possiamo dire loro che il nuovo proprietario di schiavi di Taisha si rifiuta di cederla, ma come concessione, pagherà al suo precedente proprietario la tariffa normale per uno schiavo agricolo.

Oppure possiamo prendere una posizione vera e propria adesso. Dichiariamo che gli esseri umani sono liberi sul nostro suolo. Ma non sono sicuro che siamo preparati ad affrontare l'afflusso di esseri umani che potremmo ricevere.»

Re Zander si girò verso la sua compagna, che sedeva in silenzio accanto a lui. Era nota per avere capacità psichiche sovraumane. «Qualche intuizione?»

«Fare i finti tonti sembra la possibilità più leggera. Ma verranno di nuovo da noi. Ancora e ancora. Hai bisogno di una strategia di battaglia per quando ti sfideranno direttamente.»

Il re annuì. «Erick, usa la tua diplomazia. Seke, preparati alla guerra. La seduta è conclusa.»

Tutti gli esseri nella stanza si misero in movimento. Trascinai Taisha verso la porta. Non appena fummo fuori dalla sala del consiglio, mi fermai e la guardai, facendo muovere il resto degli esseri che uscivano intorno a noi.

Le presi il viso tra le mani. «Taisha, per favore perdonami per averti ingannata.» La guardai. «Era sbagliato, e mi ci è voluto del tempo per capire quanto fosse davvero una stupidaggine.»

Sbatté le palpebre rapidamente, ma non rispose.

«Non intendevo giocare con le tue emozioni, o tenerti legata. È solo che...» Esitai. «Volevo averti, ma non pensavo di poterlo fare. O di dovere. Quindi ho lasciato che andasse avanti così.»

Fece qualche verso. Non sapevo dire se si trattasse di felicità o no, ma continuai. «Non pensavo che avrei potuto essere un giudice efficace per Zandia se avessi lasciato che la mia mente fosse offuscata dalle emozioni. Poi ho imparato che un po' di emozione mi permette di usare la mia mente razionale nel modo più utile. E, cosa ancora più importante... ti amo.»

Sentivo gli occhi strani. Leggermente bagnati, per qualche motivo. Non importava. Potevo chiedere al dottor Daneth di controllarmi più tardi per una possibile infezione, se necessario. Forse era la polvere. «Ti amo, Taisha. Voglio che tu sia la mia compagna. Passerò il resto della mia vita a recuperare gli errori che ho fatto con te. Dimostrandoti che tengo a te e che mi fido di te. Dammi una possibilità.»

Per un lungo momento pensai che avrebbe detto di no. Che avrebbe ripetuto che mi odiava.

Ma poi accade la cosa più bella della mia vita. Si appoggiò a me e mi mise le mani sul viso. «Drayk, mi dispiace di aver detto che ti odiavo.» La sua voce era morbida e dolce. «Non volevo dirlo, ero solo ferita. Non ho mai smesso di tenere a te.» Sorrise e la sua bellezza rese insensibile tutto il mio corpo. «Ti amo. E sì, mi piacerebbe... essere la tua compagna.» Arrossì e abbassò la testa, poi tornò a guardarmi.

E non me ne fregava un *kazo* di chi ci avrebbe visti e cosa avrebbero detto di me e se sarei stato in grado di essere imparziale per Zandia. Ora che sapevo che Zander sosteneva me e le mie decisioni, che era d'accordo con me sul fatto che Taisha dovesse essere tenuta sul nostro pianeta, era come se tutto stesse andando per il verso giusto.

La baciai, avvicinando la sua testa alla mia, assaporandone le dolci labbra, avvolgendola tra le mie braccia.

Scoppiarono applausi sparsi, qualche risata, qualche incitazione. A quanto pareva gli esseri accoglievano volentieri la possibilità di un po' di frivolezza nel mezzo del nostro dilemma planetario.

Zander si avvicinò a me e Taisha. «Abbiamo del lavoro da fare» mi avvertì. Ma poi mi mise una mano sulla spalla. «Tuttavia, c'è tempo per formalizzare il vostro accordo.» Mi sorrise e annuì. «Un guerriero contento che combatte per amore in patria è il più feroce di tutta l'esistenza.» Alzò un sopracciglio. «Faremo una cerimonia formale più tardi, dopo che avremo respinto l'aggressione, Drayk. Ma devi prenderti il tempo di questa rotazione planetaria per completare i tuoi voti privati.»

Chinai la testa. «Sì, mio Signore. Grazie.»

Mi diede un'occhiata d'intesa. «È come avevo previsto.»

Non ero sicuro che mi piacesse essere così prevedibile. D'altra parte, un sovrano che poteva leggerci così chiaramente era il leader giusto al nostro timone, poiché dovevamo capire come gestire le minacce di Ocrezia. Il nostro re era saggio oltre misura.

«Mi prenderò il tempo necessario» gli promisi.

Poi sussurrai all'orecchio di Taisha, affinché solo lei potesse sentire: «Non solo per premiarti per aver detto sì, ma per punirti anche solo per aver suggerito di tornare dagli ocreziani. Credo che questo meriti una seria scopata di culo.»

Lei ridacchiò e sorrise. Musica per il mio cuore. Era tornata, ora, la mia dolce umana. La mia compagna.

«Andiamo.» La sollevai tra le braccia. «Ho intenzione di sfruttare al meglio il mio tempo con te.»

Non sapevo cosa avrebbe riservato il futuro per il nostro pianeta. Ma ero fiducioso che con Taisha al mio fianco, nel mio letto e come mia compagna nella vita, avremmo fatto tutto il necessario per mantenere noi stessi – e Zandia – forti e al sicuro.

OTTIENI IL TUO LIBRO GRATIS!

Iscrivetevi alla newsletter di Renee per ricevere Indomita, scene bonus gratuite e notifiche riguardo a nuove pubblicazioni!

https://subscribepage.com/reneeroseit

ALTRI LIBRI DI RENEE ROSE

https://reneeroseromance.com/italiano/

I peccati di Chicago

La tana dei peccati

Radicato nel peccato

Uomo d'onore

Non provocarmi

Non tentarmi

Non costringermi

Dominami - la serie

Padrone reale

Sì, dottore

Padrone russo

Padrone marine

I suoi due padroni

Il padrone della segreta

Padrone di fuoco

Chicago Bratva

Preludio

Il direttore

Il risolutore

Posseduta

Il sicario

Il soldato

L'Hacker

L'allibratore

Il pulitore

Il playboy

Il guardiano

Vegas Underground

King of Diamonds

Mafia Daddy

Jack of Spades

Ace of Hearts

Joker's Wild

His Queen of Clubs

Dead Man's Hand

Wild Card

Gli alfa di montagna

Eroe

Ribelle

Guerriero

Wolf Ridge High

Alfa Bullo

Alfa Cavaliere

Fratellastro Alfa

Alfa ribelli

Tentazione Alfa

Pericolo Alfa

Un premio per l'Alfa

L'AUTORE RENEE ROSE

L'autrice oggi bestseller negli Stati Uniti Renee Rose ama gli eroi alfa dominanti dal linguaggio sboccato! Ha venduto oltre un milione di copie dei suoi romanzi bollenti, con variabili livelli di erotismo. I suoi libri sono comparsi su *USA Today's Happily Ever After* e *Popsugar*. Nominata *Migliore autrice erotica da Eroticon USA* nel 2013, ha vinto come autrice antologica e di fantascienza preferita dello *Spunky and Sassy*, come miglior romanzo storico sul *The Romance Reviews* e migliore coppia e autrice di fantascienza, paranormale, storica, erotica ed ageplay dello *Spanking Romance Reviews*. È entrata dieci volte nella lista di *USA Today* con varie antologie.

Iscrivetevi alla newsletter di Renee per ricevere scene bonus gratuite e notifiche riguardo a nuove pubblicazioni!
https://www.subscribepage.com/reneeroseit

facebook.com/Autrice-Renee-Rose-101548325414563
instagram.com/reneeroseromance
tiktok.com/@reneeroseromance

www.ingramcontent.com/pod-product-compliance
Lightning Source LLC
Chambersburg PA
CBHW020629110726
47899CB00002B/713